CB005822

CARAMBAIA

COLEÇÃO
SETE CHAVES

ROSA MÍSTICA

CONTOS ERÓTICOS

MAROSA DI GIORGIO

TRADUÇÃO JOSELY VIANNA BAPTISTA

A palavra-chave aqui é erotismo, a esboçar um convite para se visitar a imaginação libidinosa da moderna literatura produzida nos últimos séculos. Inumeráveis são, assim, as portas e comportas lúbricas que se abrem com estas Sete Chaves, dando acesso a escritos que vão desde os grandes clássicos europeus do gênero até as memórias homoeróticas dos *bas-fonds* sul-americanos, incluindo os eruditos que publicaram obras obscenas sob pseudônimo ou ainda as feministas contemporâneas com sua verve radical e desbocada. Sejam textos aclamados ou expurgados, canônicos ou desconhecidos, graves ou cômicos, em todos eles o que se comemora é, antes de tudo, o poder que a fantasia tem de multiplicar o desejo sexual.

"Toda felicidade humana está na imaginação", diz um libertino do Marquês de Sade, reiterando aquilo que a literatura erótica não cessa de afirmar, a saber, que há tantas chaves para aceder aos domínios de Eros quantos desejos houver a circular no mundo.

Eliane Robert Moraes
curadora da coleção Sete Chaves

LUMÍNILE

1

Ali o caminho se bifurcava, e logo se bifurcava outra vez de um modo bastante complicado.

Minha mãe falou: — Vamos por aqui. É por aqui.

Comprara alguma coisa na mercearia, ou então era uma dádiva. Prosseguimos a passos largos e apareciam (e deixávamos para trás) vários altares, entre espinheiros e brenhas.

Ao encontrar nossa casacaverna, minha mãe logo começou a cozinhar. E eu, sentada no chão, a olhava cozinhar. Pelo vão que servia de janela, nós nos vimos em outro tempo. A cena era quase idêntica: mamãe cozinhava e eu a olhava cozinhar.

Era uma cena viva, nós nos víamos vivendo. Mas havia uma espécie de cetim, uma pátina. Não era a primeira vez que isso acontecia. Quisemos que perdesse o alento, e não foi possível; demorou a desvanecer, e, mesmo com a janela fechada, aparecia.

Por fim, não estava mais lá.

Uma hora mais tarde – por assim dizer, pois quem é que contava o tempo? –, bateram à porta. O Furão apareceu. Minha mãe a entreabriu e a abriu com um sorriso tênue. O Grande Rato Dourado, o Grande Rato de lilás, estava ali, já meio dentro.

E assim se expressou: — Temos de adiar o casamento. Uns três dias. Só isso.

Minha mãe exclamou: — Ah, sim, seu casamento!!

E me olhava. Eu sentia vergonha. O Furão foi embora. E mamãe tirou de uma espécie de baú um vestidinho branco, como uma anágua, no qual aplicara algumas flores de laranjeira, daquelas grandes, como as do limoeiro. Experimentei, e ficou bom. Ela me deu também uns panos, para o momento em que eu perdesse a virgindade.

Eu não queria me casar com o Furão; que alguma outra fosse. - Que alguma outra vá.

Mas não havia, nos arredores todos, nenhum macho que pudesse ser meu. Apenas os que me paravam pelas veredas...

De noite, quando eu estava indo dormir, arranharam a porta. Ouvi um sinal.

Esperei um instante e tomei a decisão.

Saí, e o Furão me disse: — Antes do casamento, preciso experimentá-la, senhora. Venha cá. Preciso experimentá-la bem.

Fincou-me um dente como se fosse me devorar; depois, outras partes de seu ser me transpassaram. Resolvi não gritar. Seu empenho era tal que meus mamilos cresciam como formidáveis pérolas.

Ele expressou, soltando-me: — Bem, senhora, isso é muito bom. (Mas seu focinho vasculhou, um pouco mais, todos os meus ninhais.)

Corri ao redor da casa, agora sim aos gritos. Meu clamor não parecia se ouvir, como num sonho.

O Furão voltou e lambeu meu sangue. Fez um bico com a língua e, de novo, causou-me dor sexual e prazer sexual.

Por fim entrei, e minha mãe estava à minha espera com uma luz. Pôs um pano branco entre minhas pernas, e algodões.

E três dias depois me casei.

O Furão trazia comida dos bosques. Naquele lugar não havia sol nem lua, pois alguma montanha os ocultava. Vivíamos na penumbra.

O Furão me assediava toda hora.

Eu estava sempre com o vestido das flores de laranjeira, e ele ficava fuçando.

Muito tempo depois, eu pari, e, passados poucos meses, pari novamente.

Minha mãe me ajudava a cozinhar.

Nunca fui infiel. Só um dia, quando estava sozinha e um lenhador entrou. Tinha forma humana, como eu. Falei, assustada: — Sou a senhora do Furão, sou a fêmea dele; ele me tomou virgem. Pari duas vezes.

Ele olhou as estranhas crias que dormiam, uma em cima da outra.

Sugeriu: — Vamos para a cozinha. Lá está mais escuro. Experimente comigo. Venha, senhora do Furão. Vamos fazer de tudo.

Mantivemos várias cópulas.

E depois ele saiu fugindo. E da janela me apontava

e debochava: — Ei, mulher de furão, mulher de furão!!... Futuquei a mulher do Furão! Ela está muito usada! Está...

Houve também essa desgraça em minha vida.

Mamãe me dizia que escrevesse cartas, para ver se alguém vinha nos resgatar. Nós escrevemos e as deixamos em vários lugares.

Mas ninguém nunca apareceu; ninguém respondeu às cartas.

2

As tias Joaquina e Elvirei eram belíssimas, com o cabelo seco, dourado, e as faces coloridas que iam do grená ao lilás; seus vestidos estampados com flores pareciam jardins. Vinham em caixas, dessas que têm rendas no interior, perolazinhas para preservar, grãos de arroz. Já na sala, imóveis, serviram licor para elas. De morango, e elas o bebiam como se aquilo não fosse morango, mas uma criação espiritual. Eram virgens; nunca usaram véu de noiva nem vassoura de casadas. Estavam enfeitiçadas; no vale e na encosta do monte, todos sabiam disso.

Naquela tarde, o dente de uma delas caiu e em seu lugar logo cresceu outro, como um diamante. O engenheiro de minas conversava com meu pai no jardim; em certo momento, porém, ele interrompeu aquela conversa séria, deu uma espiada na sala e viu as duas!

Já sentado diante delas, olhava para as duas sem parar. Sobretudo para Elvirei.

Elas levavam, na barra da saia, o nome gravado com letras deslumbrantes: Joaquina, Elvirei.

O engenheiro de minas rompeu em aplausos, parou, e voltou a aplaudi-las com maior entusiasmo.

Eu, escondida no escuro, fiquei contente.

E, ao cair da tarde, elas brilharam.

Elvirei botou para fora os dois seios, imprevistamente redondos, brancos e com aréolas vermelhas.

A outra só mostrou um deles, do qual caiu uma espécie de orvalho, que ao rolar por seu vestido o deixava úmido.

E, enquanto isso acontecia, deram-se outras coisas miúdas, como botões de rosa para cá e para lá.

Dessas coisas que dão felicidade.

3

Forestón passou na barca. Esta passava quase rente à rua, havia uma água leve e fugaz. Remava com um remo, com dois.

Era um mundo cinza.

Ouviu-se um grito: — É o casamento! O casamento!

Forestón só respondeu: — O casamento.

Os noivos já tinham entrado na igreja.

Nesse momento, passaram pela calçada duas mulheres que seguravam, exibindo-as e protegendo-as, umas bandejas com algo que poderia ser docinhos, flores de círio-de-nossa-senhora ou lenços bordados.

O ancião e a anciã, no dia de seu casamento, já estavam na igreja, no altar, feito corbelha. Ele levava um jasmim em algum lugar da roupa; ela, um pequeno buquê de cera na mão, que mantinha rígido como uma vela.

Lançaram sobre eles mel, salmos, um pouco de fumaça. O cortejo desfilou lentamente pelo centro da igreja.

Então Forestón irrompeu, e trazia uma moça, exclamando: — Vejam! Vejam! Olhem só esta aqui!... Está intacta, mas é astuta. Vai ajudar no casamento.

A moça tinha um vestido com asas, uma grinalda, e o rosto belíssimo, com sardas de cores delicadas, verde e rosa.

Situou-se, veloz, atrás e entre os noivos.

Foram todos até a casa dos esponsais.

Entraram os velhos e o anjo, grupo estranho.

A porta foi fechada; alguém rezou encostado nela.

Lá dentro, os velhos já estavam nus; já iam para a cama. Seus dentes eram afiados e amarelos; ele não tinha cabelo; o dela, de um cinzento de neve, caía para além dos pés e a envolvia.

O velho tentava abrir o cabelo e entrar. Tudo parecia muito difícil. A astuta voava de uma parede a outra, subia até o teto, descia bruscamente até a cama, pousava sobre os velhos, voltava a subir com um sussurro incrível, caía e perturbava os noivos com a ponta das asas até que eles quase não suportaram mais. Então a velha criou e deu, por muito tempo, um leite raríssimo, delicioso, que ela mesma ordenhava e vendia num cântaro.

4

Estava vindo uma borrasca daquelas nunca vistas, toda prateada, com dentes raivosos, falava.

Celiar abriu os postigos e voltou a encostá-los.

Viu Diamanta sentada no pátio, enquanto lhe caíam nas mãos uns pedriscos que desciam da borrasca, brancos, brilhantes, como se fossem de gelo, e com um perfume de açucenas; ela fez uma espécie de buquê.

— Diamanta, venha; para cá.

Ela ficou quieta, com o vestido listrado que lhe cobria os pés e as mãos.

Ele se lembrou do casamento, e de antes, quando a observava ir à escola, e de um dia em que se aproximou e disse para ela: — Gosto tanto dos seus olhos. Que tal nos casarmos?

Na verdade, só recentemente ele vira seus olhos, pequenos como os das bonecas, de um azul-celeste estriado e luminoso, que olhavam para além do céu, para os acontecimentos na eternidade. Só um deles teria lhe bastado; dois já era demais. Rememorou o dia nupcial, ainda que se afastasse dele como um navio, e outra vez o trazia de volta. Os parentes, todos comendo doces!, o vestido de Diamanta; de organdi até o chão, de um tom amarelo raivoso, gema de ovo, e o véu azul bordejado de ovo. Assim a levou para a cama, depois da pavana a porta se fechou. Ela não se recostou; procurou na mala do enxoval uma caderna, e estudou a noite inteira; ele a ajudou em aritmética, geografia e numa outra coisa escrita ali que não dava para entender.

Passaram todos os dias do mesmo modo. Hoje, sob a tempestade, ele se animou: — Diamanta, ponha o vestido, o de noiva. Vamos fingir que nos casamos hoje. Nós nos casamos, hoje.

Ela, de maneira imprevista, obedeceu; foi até o armário, saiu; lá embaixo, pôs a grinalda e o véu.

Quando foi enlaçá-la, ela fugiu pela janela, na tempestade; ele a seguiu, perdeu-a, encontrou-a atrás das sarças, em pé e rígida, e brilhando como se fosse só um círio.

Então ele se tornou um desconhecido, pôs luvas de assassino, cortou os espinhos, puxou-a para si. Arrebatou-lhe todas as nuvens de chuva, que pareciam mil, e do meio das pernas, a última, da qual caíram miosótis e alguns docinhos, que o vento levava e espalhava.

Durante o bote, ela assomou um pouco a língua, rubra como o botão das rosas, perdeu saliva e lágrimas; deu um grito luxurioso e diminuto.

Ao ouvi-lo, o mundo parou. O vendaval chegou ao fim.

Celiar ficou gelado. Falava com o pensamento, mas se ouvia, entretanto, seu grito pelos ares: — Pelo amor de Deus, Diamanta, você tem os véus; vá atrás dos espinhos; mas que pecado foi feito! Levante-se como a Virgem. Jamais contarei o que aconteceu. Vamos ver onde está seu hímen. Vou dá-lo a você; você o terá novamente, vou colá-lo em você.

Viu o cendal dela ressumando como as rosas, e os dois seios com mamilos que se moviam e cochichavam e agora pareciam insaciáveis.

Mas que pecado foi cometido!

Diamanta ondeava feito uma cobra.

O resto do mundo estava azul, negro e quieto.

5

Cada um tem sua cruz; então fomos pegá-la. A minha era de latas escuras e douradas. Ajustei-a às costas. Outros continuavam na busca. Um deles, próximo, me disse: — Por que você não pega outra? Como se isso fosse possível.

Comecei a andar.

Havia os que choravam e se queixavam. Entardecia; mas ainda se via tudo, claramente.

A todo momento, a cruz se ajustava mais a mim. Passávamos entre arbustos, brenhas, arvoredos.

A cruz começou a tilintar, a murmurar. Como? A cruz falava comigo?

Minhas pernas bambearam. Para disfarçar, comecei a fazer o elogio das maçãs e das borboletas que cruzavam nosso caminho; fazia-lhes grandes loas. E, toda vez que eu fazia isso, a cruz me dava apalpadelas obscenas. Até que, no final, perto do último álamo, a cruz se amoldou ainda mais a mim, e me violou profundamente. Fiquei muda.

No fundo, comentaram.

O céu estava tênue, um pouquinho mascarado.

6

Tínhamos ficado olhando as cobras. A brisa movia o passo para o leste. As cobras estavam quietas, muito próximas, imóveis. Assim apareceram. As três, de joelhos, olhando para elas. Eram como grossos e compridos tubos sem cabeça; ao que parece, no lugar da cabeça um buraco grande, sem línguas nem dentes; isso devia estar escondido. Os rabos se perdiam na relva.

Passou o dia. Fiquei recordando a escola, meus cadernos, minhas notas dez.

E, agora, essa situação singular.

Sob o sol fraco, as nuvens passavam, leves, mas escureciam tudo. E também os falcões.

As cobras pareciam canos, verdes; com flores encarnadas no dorso. Apontando para nós.

Continuávamos de cócoras. A casa, ao longe, tornara-se intangível.

Tínhamos vestidos de gaze, e uma de nós, um raminho de nardo, não me lembro se na fronte ou no peito.

7

Mamãe, esta tarde é nossa. O papai deve estar na lavoura; teu lavor é pequeno e celeste, ou tem um prato com doces de figo. O figo parece um santo; olha suas vestes cor de violeta e cor de açúcar. Tu dizes: — Esses figos! Como brotam! Estão extraordinários. Vou levá-los à igreja. — Sim. (quem sabe alguém te responda). Que os matem. Esses figos são o diabo. Dizemos que não e não, com a cabeça. Mas saltam dos figos dois pênis vermelhos, arroxeados, diminutos. Um para cada uma.

Vêm até nós; passam-nos os cendais, fazendo uma escrita leve na superfície, vão até o fundo e lá traçam letras fortes, cercadas de diabruras.

Cobrimos o rosto com o manto, com as mãos.

Loucas de vergonha e de prazer.

Por alguns segundos estamos grávidas, depois rolam gotas de néctar por nossas pernas e caem no chão.

E amanhã nascem uns seres pequeninos, misteriosos, luzidios.

Parecidos com os figos, comigo e com minha mãe.

Para esses encontros, nós nos vestimos de branco.

8

Quando o sol saiu, todos foram para a lavoura. Iam, homens e mulheres, comendo carne.

Num canto da casa ficou o carneiro; gemia um pouco, e os lavradores riram disso.

Um momento depois, Aurelia, a menina, saiu do acolchoado preto em que dormia. E foi até o carneiro – não parecia ter carne nem ossos, só lã –, que, ao vê-la, gemeu ainda mais.

Ela foi fazer sua ablução e voltou feito uma rainha, uma bailarina. O carneiro mostrou uns olhos azuis, sonhadores, que pareciam se repetir no peito, duas espessas turquesas.

Ela se ajoelhou; estava gelada, rígida. Dava para ouvir seu tique-taque, mais alto que o do relógio.

Com mão marmórea tirou a vestimenta, peça por peça, todas as faixas e pregas, a última anágua. Ficou à mostra um sexo implume, que também fazia "tique-taque".

O carneiro esfregou a cabeça no chão e pôs para fora uma língua comprida, rosada e rápida, com a qual caçou o implume e o masturbou.

Alguns da casa estavam entrando porque tinham esquecido alguma coisa.

Sentiram o perfume da flor aberta.

Ficaram com saudades e com raiva.

Aurelia adormecera de repente.

Eles a acordaram.

Ela dizia: — O que aconteceu comigo... o quê?

— Nada - respondiam. — Nada. Sonhaste tudo.

— Sim. Sonhei.

9

O inverno é uma casa fechada, sem pintura. É um altar invertido. O descenso aos infernos. Não a habitual fogueira, mas o piso rachado; as tábuas quebradas, que levam a outro piso igual, e a outro.

Esse desce aos infernos com uma veste vermelha que tem asas. Não sei quem é. Já desceram dois ou três. Para todo o sempre.

Em cada porta desponta e cresce o lírio branco; lá dentro, uma mão o apanha por uma fresta e o põe na panela. Ele ferve no frio, fica fofo como neve. Por um momento, há flocos brancos por todo o quarto.

Na cama, ofereço minha ostra, pequena, oval, debruada de coral, para onde Juan leva e afunda seu punhal. Que me divide em dois. Depois, eu o abraço. Como se ele não tivesse desejado me matar.

10

Falou: — Venho de Lhasa e de Altai.

Era noite, e na fumaça da cozinha se balançavam os morcegos de sempre.

Tirou o manto estrelado e ficou com a roupa de lã preta.

O manto caiu no chão, era de um tecido tão leve que se enrolou e se encolheu, ficou parecendo só um pontinho, um vaga-lume.

Olhou bem onde ficava esse ponto e o guardou na memória.

— Continuam aqui?

— Mas se essa é a primeira vez que nos vê. Nunca veio antes, nunca esteve aqui.

Nós lhe explicamos o que havia atrás da casa.

Quis ir até lá, e fomos. Mas esquecemos a lanterna.

Sob a luz tênue das estrelas ficava o caramanchão, e embaixo dele porcos e perus, grasnando meio adormecidos.

Um homem rígido como uma estátua parecia estar cuidando.

Vimos tudo quase com luz de fósforo.

Aqueles animais eram como gordos pecados. Carnais. Capitais.

Recuávamos com um pouco de medo. Entramos outra vez no jardim de açucenas. Os pecados ficaram gordos e moventes.

Já dentro da cozinha, buscou no chão seu manto. Continuava do tamanho de um vaga-lume. Quando o vestiu, ele se desenrolou e brilhou, grande como um lençol.

Teve pressa para ir embora, ansiedade, como se fôssemos lhe fechar a porta.

11

Era terrível. Mas tínhamos passado a viver na pré-história. Minha mãe dizia: — Mas como é que viemos parar Nesta Chácara?...

E dava a essas palavras uma ênfase inimitável.

Tínhamos medo de que um rio entrasse na caverna, ou algum animal.

Uns gigantescos cavalos fulgurantes voavam. Levavam várias lâmpadas acesas; no rabo e no lombo.

Faziam um estardalhaço. Quando se uniam lá no alto, choviam pedras preciosas.

Recordávamos a vida de antes através de névoas. Minha irmã, meu pai, os avós e demais familiares.

Coube a minha mãe e a mim nos mudarmos para a pré-história!

Nesse meio-tempo, aproximou-se a idade de desovar, de fornicar e de chocar.

Minha mãe fingia não ver, mas até em sonhos ela se sentia inquieta.

Eu continuava a ajudá-la a encontrar ovos, os quais quebrávamos com uma pedra até que a gema pulasse, verde como o capim. E também comíamos de uma flor: ela crescia grande como um sino, como um lençol, como uma tenda. Nós a bicávamos toda hora.

Aceitei um ser não muito grande; ele me farejava desde

as primeiras menstruações. Era cor de safira, sombrio, informe, em formato de cone.

Lembro-me do dia inicial, quando nos enfiamos no oco de um tronco, e nos enlaçamos para copular.

Minha mãe, ao longe, assobiava.

Era uma copulação profusa, infinita. Assim passamos horas, dias. Eu dava a entender que continuaria assim a vida toda. Era esse meu desejo.

Certa manhã, porém, ele se soltou pouco a pouco, desceu da árvore e, bem rápido, ficou pequeno, do tamanho de um dedal, e o vi se esconder dentro da terra. Para nunca mais sair.

12

Sra. Almond.

Sra. Nut.

Sra. dos Anjos.

Rosa senhora.

A sra. Nut e a sra. Almond se apresentaram; a sra. Almond estava vestida de noiva, ou quase, sob um tule branco. O vestido da sra. Nut flutuava, cambiante. Então apareceu o sr. Raposo, que estava pronto por ali.

Elas disseram: — Só faltam as primas, a sra. Shalman e a sra. Borboleta Glicínia, a sra. Shalman e a sra. Glicínia Borboleta. Também devem querer participar. Não temos ciúmes. Devem estar vindo por aí.

Na neblina foram vistas as donzelas primas, quase flutuando, e as bocas pintadas. O rosto todo muito pintado, e os bicos dos seios luzidios como corais. Mas elas se afastaram, talvez dizendo: — E esse senhor?!... É o Raposo!... Não nos interessa! Vamos fugir voando!

O sr. Raposo se esqueceu desse acontecimento. Botou o pênis para fora e lhe ordenou alguma coisa. Não quero, disse com voz rouca e um pouco alta, não quero saber de gravidezes.

Aproximou-se da sra. Almond, apalpou-a, acariciou-a com uma língua estreita e preta, que pareciam duas, e dez, revelando seus dentes até os molares. Ela, sra. Almond, sentia as orelhas pontudas dele passeando por sua pélvis e mais para trás e mais para dentro. — Sou virgem, disse devagar. Ele, de imediato, fez saltar seu botão de rosa, extremamente vermelho e suculento, saltou sangrando. A sra. Almond dava gritinhos agudos, diminutos, e a sra. Nut tapava os ouvidos para não ouvir aquilo, e se empenhava para ouvir melhor.

A sra. Almond pensou, ao ver que o sr. Raposo estava se afastando: Quem terá linha, quem irá me juntar?!... Não posso, não devo ficar assim, aberta, descosturada. Não sou eu, não, não!...

E chorava.

Agora se ouvia a voz da sra. Nut, dizendo: — Sr. Raposo, senhor, sou virgem.

Ele respondeu rindo: — Todas são. Sim. A sra. Nut não tinha cendais, panos, roupa íntima, nada sob o vestido cambiante.

O sr. Raposo parou. Pois acabara de aparecer um arco-íris, próximo e potente, uma pata vermelha ali na azaleia, e a outra, roxa, no cravo do ar.

O sr. Raposo exercitou seu pênis, mas envergonhado, ele se envergonhava sob o influxo daquele leve e maravilhoso artefato do céu, daquele arco-íris que iluminava tudo, como se fosse de fogo; sua luz rara, seus sete reflexos estavam em toda parte.

De todo modo, agarrou Nut. Comeu o que havia ali entre as pernas dela. Por fim, ele a possuiu com o focinho.

Ela se aventurava, ronronava, se ajustava a ele e dizia:

— Meu Deus, que focinho!... Meu Deus, com o focinho...!

Ele não ficou ali por muito tempo. Fugiu correndo, como sempre fazia: corria como nunca. Mas o quadro permanecia lá: a sra. Almond sob o vestido de neve, sangrando, a sra. Nut com o vestido cambiante e, entre as pernas, o perfume negro que ele lhe havia inserido.

E acima de tudo – o Raposo correu como nunca –, aquela coisa do céu, que não sumia, que não sumia.

13

O bosque de casuarinas onde um dia o Diabo apareceu.

— O Diabo apareceu?

Sim, e todo tricotado em lã vermelha e preta. Como uma manta e um casaco.

Eu era pequena e falei: — O que é um diabo?

Era adolescente e fiquei aturdida.

Era uma mulher e fiquei zangada.

Aproximei-me dele, mas não muito, pois não podia; às vezes, parecia não estar ali.

De repente, falei: — Eu sou uma princesa. Mas legítima; não de araque como as que saem nos jornais.

Ao ouvir essa oração estranha ele pestanejou, embora seus olhos fossem imóveis, e ficou um pouco assombrado.

Permanecia rígido. Parecia um objeto, um tricô esquecido.

Eu, para aliviar as coisas, vencer aquelas estranhezas, fui até a cozinha, peguei uns doces de figo num pires e saí para olhar os ramos.

Mas ele já estava lá; com um salto invisível e opaco, já estava lá.

Falei: — Diábolo.

Ele respondeu: — Borboleta glicínia. E Glicínia borboleta.

Chamando-me assim por meus nomes proibidos, pois, para me livrar de todo mal, não me fizeram figurar no Registro.

Aproximei-me de sua lã. Ele disse: — Vamos para os infernos onde estão nossos irmãos.

— Como...?!!

Dei um grito que não se ouviu.

Mas lhe estendi os dedos, que ele acariciou por um instante supremo. Pediu: — E me dê as coisas daí de baixo.

Embora pareça mentira, eu me aproximei e afastei as pernas.

Ele procurou e encontrou os orifícios; lambeu e fendeu; um a um, ele os lambia e os partia. Eu brincava, um pouquinho. Ele disse: — Vamos para o inferno, agora. Você é das que servem bem. Vamos, bromélia, monte no meu lombo. E vamos.

14

Castanha de fogo.

— Como? Esse é meu nome, agora? É assim que me chamam? A voz está nos roseirais, lá atrás - disse com uma inflexão de adivinha, de leitora de tarô.

— No entanto, não há roseirais.

— Falam comigo no roseiral.

Olhou para seu avental, pequeno, de colegial, de noiva e bailarina.

Sobre ele apareciam letras refulgentes: as de Castanha de fogo.

Que fazer? Chamar a mãe Clementina? Mas já fazia tempo que ela não aparecia; alguma coisa realmente grave devia ter acontecido.

Pensou nas tias; chamou uma a uma com a memória. Mas nenhuma apareceu. Onde quer que se alojassem, agora, estavam muito fixas. Castanha de fogo.

Sentou-se e começou a dançar.

— Mas se levante. E dance.

No entanto, ela dançava sentada, movendo as pernas de um jeito leve e maravilhante, e também a cintura, as omoplatas, o rosto e o cabelo.

Como se fosse Nijinski e Karsavina; dançava assim.

Nisso, saiu do ar um monstro, magro e peludo, e se apresentou: — Sou o Príncipe dom Juan. E o Príncipe.

Ela respondeu:

— Sim, sr. dom Juan; sim, sr. Príncipe; eu sou a rainha, a bailarina.

Entre os véus que o cobriam quase todo, ele riu.

— Venha, Castanha de fogo. Venha cá, aqui, para mim.

Cá, aqui, para mim. Ao rumor dessas palavras, dançava mais, como se elas fossem música, uma mesma valsa.

Mas tinha medo, e ao mesmo tempo confiava em seu vestido de baile, desse baile, e do de sempre, que a cobria como se fosse gaze, couraça, uma proteção nunca vista.

Ele disse: — Venha.

E ela foi.

Passaram por todo o jardim, por cantos emaranhados, até desembocar num roseiral.

— Eis o roseiral. Aqui.

— Sim, há pouco eu falava com você daqui, do roseiral.

Ela ficou de cócoras. Ele pediu: — Vamos, me dê a mão, ou o pé, uma orelha, um pedacinho da perna. O que quer que seja. Me dê.

E olhava sua pele de prata e de jasmim.

Ela estendeu a mão, pois achou que isso seria menos perigoso, enquanto estremecia e se arrepiava, seu vestido de rainha, de pequena professorinha de dança e colegial.

Ele fez um círculo sobre a mão, um quadrado, e continuou desenhando, obstinado, ali.

E ela começou a entender, entendeu tudo, esse outro idioma recém-surgido. Ele comeu uma rosa, e continuou desenhando, decidido, enquanto a olhava nos olhos, e uma vez tocou seu umbigo. Mas fez sempre o desenho na mão, não saiu dali. Contudo, veio uma coisa estranha que a sacudiu e a fez cantar como um violino. Seu cabelo ardia, quadrado e comprido como uma lâmpada.

Ele tinha desaparecido, talvez no ar.

Ela saiu do quintal e foi em direção à casa, para onde iria?, mas tinha um passo desconhecido, esquisito, como o de quem tem um ovo dentro de si, o útero habitado.

15

Percebi que podia voar, e voava. Minha mãe tinha medo: mas o escondeu. De noite, eu cruzava voando e voltava. Lá no alto me enamorei, no céu me enamorei. Vieram dois anjos e me apalparam. Envolveram-me um pouco com as asas, e os repeli. Veio um diabo com terno de veludo. E o repeli. Veio voando um homem, dos que havia na terra, e falou: — Desça comigo, sra. Eleonora, desça comigo. E verá.

Chegamos aos jardins. Sra. Eleonora, sim. Eleonora. Era esse meu nome, sra. Eleonora, sim.

Ele comentou, ao me ver comendo cravos mimosos: — Conheço suas manias. Faz muito tempo que a vejo voar e comer cravos. Hoje você se casou comigo, agora há pouco, lá em cima, e aqui embaixo. Agora é minha senhora, você.

Comecei a segui-lo. Passamos ao lado da casa, quase a tocando. Íamos por caminhozinhos desconhecidos, tortuosos, que não pareciam levar a lugar nenhum. Essa viagem durou a noite toda. E à primeira, tênue claridade, apareceu uma cabana. Ele acendeu uma luz como se a tirasse da mão.

Partiu o pão.

Comemos um pouco.

Ele avisou:

— O coito será daqui a algumas noites.

Depois de várias, abraçou-me de repente. E disse: — Pronto. Levo em consideração sua virgindade. Será respeitada, senhora. Virou-me numa espécie de leito, ou no chão; tirava de dentro de mim uma fitinha ensopada de sangue e a comia.

— Comi seu hímen, sra. Eleonora. Sim.

— Estou grávida, já – respondi, pois me dei conta disso.

As uniões continuaram, velozes e diferentes. Ele murmurava: — Vamos fazer filhos, muitas crianças.

Eu pensava que elas iriam sair de todas as partes do meu corpo; das costas, dos seios, da boca, do ânus, da panturrilha. Em toda parte, pensava, já estava grávida.

Por fim, pari trigêmeos, do sexo masculino e do feminino.

E voltei a parir trigêmeos.

O último filho se originou num seio; dei-o à luz pelo mamilo.

Todos os rebentos cresciam muito rápido, robustos e com pouco entendimento, como frangos e cordeiros.

Eu os amamentava quase sem pausa, e também havia uma ovelha que lhes dava de mamar.

A ovelha.

— Sra. Eleonora – dizia o homem no meio da noite ou do dia. E eu guardava a teta e o atendia. Voltava a tirá-la e nos enroscávamos, nos enlaçávamos. Ele vivia praticamente dentro de mim.

Em muitas ocasiões abortei com doçura, com um pouquinho, também, de dor e de angústia.

*

Estava adormecida quando alguma coisa me assustou; de repente, sentei-me com os olhos abertos.

Tive trabalho para retirar o pênis que estava incrustado em minha vulva, ninando-o até que adormecesse.

Envolta num lençol e sem olhar para trás, saí sem rumo certo. Corria, me enredava, me levantava, caminhei para todo lado. O que estava acontecendo comigo? O que era aquilo?

Depois de muito tempo, meses, anos, topei com minha casa.

Era de noite e ouvi o pranto de minha mãe, que continuava chorando por mim.

No escuro, encontrei o vestido lilás, o xale verde, a roupa de menina, de bruxa, de menina.

E estou sentada comendo cravos.

De vez em quando, muito de vez em quando, eu me lembro, vagamente, do bosque, do marido, da ovelha, dos filhos.

Como se tudo tivesse sido um sonho e uma mentira.

16

Ouve-se um pipilo na tarde quase estival, deslumbrante.

Uma mulher de lenço na cabeça carrega um cesto, e ali, os ovos. Belos ovos, de pato e de codorna; alguns grandes, azul-celeste; outros miúdos, como botões de jasmim.

Há figuras no ar que quase se tocam; não conseguem nunca.

Mas eu sou uma sereia. De plantas, de arvoredo. Ondulo minha cauda escura, forte. Tenho as escamas brancas e prateadas; o peito nu, o cabelo crespo; o sexo é apenas uma marca de coral, e exala um perfume específico, fumaça, gotas de azeite e de sangue, e brasinhas.

Toco meu sexo com uma vara, bulindo nele um pouco.

E dou pequenos gritos e pequenos saltos, de peixe, de fêmea, para ver se os homens do lugar vêm a mim.

17

Seu nome era Ana Rosa Dina Vurulírov Delia Laura Aurora Lumínile.

Mas era chamada apenas de Lumínile.

— Sra. Lumínile.

É o dia da venda.

Tinha poucos anos, pouquinhos, e estava começando a espigar.

E o que seria a venda?

Tinha olhos redondos, azul-celeste, irisados, cabelo crespo, cheio.

A dona veio e a banhou. Sem roupa de baixo, pôs nela o vestido rígido, cor-de-rosa, e o chapéu de abas largas, de palha rosada com ramos de glicínias.

Uma figura obscura abria caminho pelo jardim, onde chovia um pouco, sem nuvens; era só uma chuva de luz, uma coisa inexplicável.

— Sra. Lumínile.

A ama recebeu um óbolo e a entregou. Ela avançou, com seu passo rígido, quase de boneca. Ele a recebeu; o rosto quase oculto pelo chapéu. Levou-a assim, retirou-a. Atravessavam o trigal que ondulava, angelical, ainda que com restos de muitos amores, namorados, casais se escondendo na dança; deixavam, na pressa, o delírio, alguns objetos obscenos, calcinhas pequenas jogadas por ali, lançadas no ar, caíam por toda parte, algodões sombrios, sangrentos. A sra. Lumínile ia rígida sob o vestido armado e cor-de-rosa; o cabelo crespo, com várias borboletas de esmalte por toda parte.

Todas entravam assim.

Depois...

Ele disse: — Está muda, sra. Lumínile? É muda? Emudeceu?

Ela, agora com o vestido levantado perto da boca, mostrava a silhueta, os pequenos seios com violetas nas pontas, e que deixava sempre nus para exibi-los, como faziam todas as virgens nesse lugar.

Ele arrancou com a língua as violetas, e saiu outra coisa de dentro do mamilo, uma penugem, umas perolazinhas prateadas, que ele tirou, com o pênis, de cada mamilo; copulou com os dois. Usando uma varinha de trigo, acariciava o ânus escondido – ela serpenteava como uma lagartixa e uma cobra. Com uma varinha de pão, ele lhe afundava o umbigo, a vagina recatada, o clitóris, que se ergueu e perfumou, um grelo duro, um punhalzinho. Ele o tocou, friccionou-o. Dizia: Está bom, filhinho. E voltava a manuseá-lo, a degustá-lo.

A sra. Lumínile estava fazendo 10 anos; era abril, talvez, e ela os completava. Contorceu o rosto pequeno, ovalado ou redondo como um pão; variava. Um arquejo. E outro. Ele brincava, punha raminhos em sua vagina, no ânus, na bexiga.

Depois a derrotou.

A sra. Lumínile viu como lhe nasciam ovários – ela não sabia que os tinha – e se empinavam; sentiu o intruso roçando seu útero pequeno e faminto. Como aquilo tinha entrado ali? Agora estava transbordada, seu ânus gritava com doces gemidos, chamava-a pelo nome, Lumínile, soltava um pouquinho de sangue, de risos obscuros.

Desocuparam-na e tornaram a ocupá-la, várias vezes, faziam-lhe uma carícia horrível e prodigiosa, como um pesponto, um ponto *à jour*, davam-lhe alfinetadas, bordavam-na. Ela, como pode acontecer, ficava virgem novamente. E ele a manuseava, abria-lhe a estreita passagem encantada, íntima.

Nasceu-lhe outra vagina em algum lugar, que também foi bulida, sondada, cumularam-na de uma água benta, maldita.

Como era previsível, ela por fim gritou como um pássaro, trinou, botou um monte de ovinhos pequenos de periquita e, menos, de caracol. Botava sem cessar pequenos ovos de codorna, que ele comia depressa.

Ela não conseguia se erguer. Estava botando, pôs-se a chocar. Ele continuava comendo seus ovos, tirava-os, já que lhe faziam cócegas, deixavam-no nervoso, tenso.

Um vento suave, estranho, secou o sangue dela. Suas mãos brilhavam – sentiu – como gelo.

Sra. Lumínile.

Viu de novo o organismo roxo e grosso se aproximando, as três pontas cegas, bicudas, dava para ver aquele cogumelo macho, ereto, vindo. Pediam-lhe: — Beije-o, senhora, solte-se, beije e beba tudo o que lhe é ofertado.

Tomou uns goles, voltou a beber, a sorver, com sua pequena boca do tamanho e do aroma de uma groselha, sua pequena boca agora transformada numa tacinha sexual escandalosa.

Pegou-a no colo. E a levou de volta. Ela não conseguia andar. Tentou pô-la no chão. Mas ela não parava em pé. Atravessou o trigal com aquela boneca contorcida, imóvel, aquela pequena e fúnebre senhorita.

A dona apareceu. Recebeu outro óbolo. Levou Lumínile, banhou-a, beijou-a, tentou pô-la de pé, pô-la na cama, e não conseguia. Dizia: — Vamos, pronto. Já era hora. Dez anos e ainda sem começar. Agora, já foi. Fique quieta. Seu hímen vai nascer de novo, esse que hoje lhe tiraram, mas ele nasce de novo, não desaparece assim. Outros virão procurá-la.

A sra. Lumínile sentou-se no sofá. Inexplicavelmente, a noite chegara. Estava rígida. Os olhos redondos, azul-celeste, irisados, brilhavam no escuro, como duas estrelas. Azuis, fixos, viam-se no meio da sombra espessa, onde a dona cuidava dos afazeres da casa sem nenhuma luz, sem velas, diante de tão formidável rogo – aqueles olhos fixos, fixos –, e certa, pensava, de que essa noite não iria acabar, de que o dia não iria chegar.

18

Você já teve namorado?

Ela ficou imóvel, mas viu Cirilo, o Peão do Sítio, o de seu pai, o peão. Olhou-o como se o esperasse, como se estivesse à sua espera.

Ele repetiu: — Já teve namorado? Talvez um marido por um tempo, uma noite, um momento? Ei, sra. Lises. Senhora. Você...?

Ela era muito bonita e um pouco espantosa. Tinha algo maravilhoso, tinha... a maravilha: rosto esguio, olhos azuis, quase imóveis, mechas negras, loiras, vermelhas, lilases, todas misturadas.

Quase não tinha memória. Esquecia-se. De tudo. Viu o homem de estatura mediana. Escuro, e usava um chapéu de abas largas, embora já houvesse, um pouco, entardecido. Para falar com ela, tocou a aba cortesmente.

Ela, que não sabia nada, de repente entendeu tudo, de chofre, em poucos segundos ouviu um romance, em profundidade. Só por aquelas poucas palavras que ele disse.

Ela olhou para as parreiras; pareciam próximas, distantes; aqueles menires rombudos, de pura palha. Sempre a deixavam entusiasmada.

Seguiu-o, magnetizada. Foram de mãos dadas. Ela estava imóvel e trêmula. Ele propôs: — Vamos rodear o monte de feno, aquele. Lá atrás está mais escuro.

A lua e as estrelas tinham se acendido, pálidas e distantes; como ramos de jasmins brancos.

Ele observou se o patrão não estava vindo; ela observou se seu pai não estava vindo, o patrão. Não sabia se temia algo ou não temia nada. O romance estava esquecido. Como a escola à qual já não ia havia algum tempo.

Comentou: — Eu já sei ler.

Mas falou por falar, sem ter certeza.

Ele lhe tirou a leve casaca prateada, sob a qual ela não usava nada. E se viram seus seios. De menina. Pequenos, grandes, enfeitiçados, os mamilos com luz, em chamas. Ele os esfregou para apagá-los e se acenderam mais, eram fósforo, fosfato, como brilhavam!

— Sra. Lises.

Ela arrulhou levemente. Sentia-se um perfume de jasmim-das-arábias, ressoavam campainhas na eternidade.

— Não haverá delito - disse ele -, estranhamente, nenhum pecado. Vamos fugir, correr.

Seu chapéu caíra, e agora, em poucos minutos, tinha um bigode espesso e sexual. Nascido havia pouco. Era um bigode para pecar.

Às pressas, possuiu-a contra o monte de feno; subjugou-a, passava-lhe o bigode profundamente até romper sua intimidade. Ela pestanejou. Deu um grito, como de ratazana ou de boneca. Ele não a soltava mais. Depois, de joelhos, bebeu-lhe o sangue, o coágulo, lambeu até secá-lo, até engoli-lo inteiro. E lambeu de novo.

Correram pela planície, alguém gritava: — Lises, adeus!... Outro dizia: — Não a leve, vou denunciá-lo!

As árvores voavam de mãos dadas. Alguém clamava: — Lá vai a senhora de todas as cores, a que tem cabelo preto e vermelho e... Parece que já se casou!

Corriam e corriam; alguém parecia segui-los; e talvez os seguisse.

De mãos dadas, correram e correram pelo presente e pelo passado, corriam e corriam até hoje e ontem.

19

Era de noite e veio um planeta; deixei de lado meu lavor e o jantarzinho. Pus uma rosa no decote.

O planeta tinha pousado no jardim, perto do arbusto das rosas.

Era redondo, esférico, de um vidro grosso azul-celeste, ligeiramente verde. Era liso, enorme, sem nenhum espinho ou estria.

Resolvi não fazer barulho, caminhava com passos de seda. Que ninguém ficasse sabendo, e que ele não fugisse.

Não sei como cabia no jardim. Pois era um planeta! No entanto, ele estava lá.

Depois de um tempo olhando muito para ele, abracei-o, tirei o vestido, joguei a rosa, abracei-o, abraçava-o com meus braços e pernas e meus pequenos seios. Beijei-o muitas vezes.

Alguma coisa caiu de meu sexo, um tipo de broto, um ovo, amassei-o (com aroma de vida íntima), friccionei-o.

O planeta levitou, subiu um pouco, saiu do chão.

Rápida, deitei-me embaixo dele, abri as pernas; então ele espichou um dedo, recém-surgido, e o enfiou em mim, no lugar de onde o ovo tinha voado.

E por ali ficamos, encandeados.

Íamos pelo céu; ele agora fazia um rumor esquisito, como se fosse um homem, como se fosse um animal, ou Deus.

Prosseguimos assim, e navegando.

De vez em quando, olho atenta para os abismos, quem sabe divisem minha casa, meu jardim.

20

Estava com os animais. Era de dia e de noite; escuro, claro.

Ereta sobre os dois pés, com as mãos sobre uma pedra, o urso me remirava. A grande boca aberta e a baba brilhante pingando em lágrimas. Esperava, ali perto, um elefante, cuja tromba fálica copulava com a terra, para me entusiasmar. Eu o olhava, e olhava o urso, prestes a conceder.

Mas escolhi a zebra. Que se mantivera, com elegância, em outro plano. As listras, de tão nítidas, cintilavam, moviam-se.

Aproximei-me (os outros animais gemeram, desfeito o êxtase).

Olhei, e sim, era uma zebra macho.

O macho de zebra me cobiçou, reprovou minhas dores amorosas com o urso e com o elefante. Exibia suas partes baixas com pontas de prata.

Num minuto estava tudo terminado.

Eu disse, Ah, e um pouco de sangue me escorreu da boca e da outra boca, como se tivesse perdido algum cravo e uma rosa.

Começamos a fugir; de vez em quando, parávamos para repetir a façanha. Minha ferida se revolvia, misteriosa.

... Iam o macho de zebra e a senhora, velozes, pelo campo raso, sob o céu e suas estrelas, tantas que algumas caíam pelo chão.

21

Vieram falenas. São pretas com a borda brilhante, de um ouro vivo; assim, não são vistas; uma ou outra vem sozinha; outras em dupla, copulando a noite inteira, outras vêm às centenas e desaparecem de repente, deixando uma impressão profunda.

Como era verão, eu estava despida e veio essa falena e rondou meu mamilo, entrou por seu furo – que é muito lábil – e me fazia cócegas lá dentro; eu me contraía, tinha espasmos. Meu clitóris engordou como um cravo. Lá dentro, a borboletinha se remexia sem parar, seu trabalho refinado me dava frio, febre, amor, de mim caía água, óleo, caíam rosas, ametistas cresciam em minha vulva profunda.

Eu ronronava a noite inteira, um gritinho repetido, mas diferente; a borboletinha subia e descia dentro do seio.

Ao alvorecer, já se ouvia o pessoal da casa em seus afazeres, cozinhando, trazendo o aroma de bolos pestanejantes.

A falena fez sua última artimanha, eu dei um grito, ela saiu do mamilo. Eu lhe disse: Meu marido, não vá embora, vá.

E vi suas cinzas caindo entre meus dedos.

22

Disseram que estavam carneando uma mulher. Que eu fosse lá. Perguntei se a conhecia; não. Então fui.

Ela já estava num círculo, tinham tirado sua pele. Estava vermelha como um tomate. Era um tomate gigantesco. Já lhe haviam arrancado várias fatias grandes, a metade do cabelo negro. Ela ainda olhava e parecia contestar. Lá do horizonte vieram muitos homens, giravam em torno dela, que ainda olhava como uma ovelha ou um serafim. Dava um pequeno ofego, bulício, gemido rouco, baixinho. Eles a chamaram de Amelia, Delia, Rosa, Emilia, Carmen, Libertad, por todos os nomes e por um só.

Arrancaram a outra metade de seu cabelo, que ela quis segurar com a mão vermelha, e ainda restava um pedaço de senhora.

Por fim, eles a liquidaram.

Para o gato, que sempre tinha morado no jardim, entregaram o sexo, vermelho, fechado, delicado, gordo, rodeado de cílios pretos, e o gato o comeu com medo e gosto, olhando para os homens como se dissesse: Vejam; hesitou, sim, a princípio. Depois se agachou, olhando a lua que subiu de repente, quase feita de bagos de uva, e de um lilás aterrador nunca antes visto.

23

Nós nos reuníamos ao redor da lagoa, Saúl, Joaquina, Pótriro, Sebastián, Rosicler, Pérfido, Eu.

Na água passavam algumas "tilápias", navegando sem rumo. Ou davam um salto na luz e voltavam ao subaquático.

Por esses dias, saiu um olho nas costas de Joaquina, e ela o mostrou a todos. Estava com as costas nuas, exibindo-o. Era azul-celeste, belíssimo, rodeado de cílios escuros, longos. Depois esse olho ficou um pouco frio, como céu e gelo.

Fascinado, Pótriro subia em Joaquina, deitada de bruços, montava-a um pouco, para contemplar de perto aquela íris azul; os olhos dela pareciam negros e pequenos.

Nós o olhávamos olhar.

Até que, certo dia, Pótriro sacou de si mesmo sua bainha traiçoeira e a fincou em Joaquina, que era quase uma menina e tremeu diante das novidades.

Dias mais tarde, Joaquina foi levada à cidade. Removeram seu olho azul, que com as copulações tinha ficado lânguido e fitava o além.

... Nós nos reuníamos em torno da lagoa, Saúl, Joaquina, Pótriro, Sebastián, Azucena, Pérfido, Rosicler.

E eu.

24

Pela encosta e até a água, sentia-se o perfume das flores dos bosques. O único idioma era o dali. Havia cinquenta línguas pelo mundo. E seria bom saber todas, mas só a dali estava lá, e outra de um país limítrofe, mas remoto.

Como um cerzido bonito, um bordado delicado, volta e meia se emaranhavam, na conversação cotidiana, parágrafos desse país.

A lua cruzou, azul, pelas janelas. Cogumelas pousaram sobre a mesa, acampanadas, quase vivas. Nós as partimos e as ingerimos; alguns também as fritaram.

Depois de alguns minutos, cada um foi procurar sua toca.

Luz parecia branquíssima e feita de luzes. Seus olhos irisados partiam as penumbras. Eram feitos de flores de aleli. Um homem da casa soprou-lhe ao ouvido: — Quero que nos casemos, agora. Dê-me seu leito.

Ela nunca tinha ouvido uma promessa como essa; mesmo assim, consentiu.

Jogou-se na cama, e como já ouvira, nas entrelinhas, o que teria de fazer, despiu a anágua lilás, tirou a meia e indicou o ponto de sua intimidade. Aqui, dizia ela com inocência, aqui.

Ele, com uma draga diminuta que tirou do bolso, e certa frieza, bisbilhotou bastante dentro dela; encontrou e cortou o hímen. Devorou-o e o pôs na alma. Ela soltou um leve ai como se alguém, ao passar, tivesse tocado de leve um bandolim. Ele a lambia, falava-lhe na vulva: — Você já está rompida, pronta, bandolim, sangre, sangre um pouquinho... mais um pouquinho. Vamos nos casar... de verdade.

Ela vira por que motivo isso era impossível, além do laço familiar estreito que os unia. Foi até o jardim, andava entre as luas, sentia incômodos, o estertor sexual. Os roseirais estavam carregados, rosas miúdas ou pomposas, em forma de tâmaras e maçãs e em forma de peras.

Ela falava ao léu (pensar não podia), num outro idioma, remoto, do país ali do lado, aquele de Amelia.

25

Iris, Rosa-Iris, Mónica, Tirana já estavam voltando.

Não discerniam se da escola ou do baile. Uma lua próxima, muito clara, rara, quase voando as perseguia; essa lua parecia ter dentes e línguas, parecia comentar o que estava acontecendo. Um artefato azul, tagarela. À luz do qual elas viram seus pés descalços, as unhas em rosas ardentes, os vestidos plissados, bufantes. O de Tirana, preto, e os outros de um matiz ardente. Não se lembravam de nada, estavam vindo da escola ou do baile.

Passaram pelo longo pomar de macieiras e se detiveram. (A lua parou a fim de escutar. Fazia, porém, um retintim.)

Não sabiam de onde vinham nem para onde iam. Estavam esquecidas, abobadas. Tirana segurava um ramalhete imenso de açucenas. Será que haviam passado perto (do jardim de açucenas) e ela cortou todas? Então estavam indo ao casamento. Surgiram invejas.

Tirana deu um ramo para cada uma. Mas o buquê grande ficou com ela. Tirana era a noiva, e as outras, o cortejo? Tirana era a noiva...

Estavam perto das tabernas. E o vinho voava pelas portas e janelas. Muito licor cruzando o ar. Todas olhavam, enamoradas.

O Noivo saiu de trás do horizonte. Veio a cavalo.

Um cavalo negro com a cabeça como de mármore branco.

O Noivo saltou e escolheu. Tirana. E cada uma das outras.

Casou-se com todas.

Elas ficaram docemente arruinadas.

Os pés magros tremendo, a cintura com agravos, muitos mamilos de fora parecendo pequenas ostras, botões de rosa com uma pérola no centro. Esse foi um detalhe tocante.

O cavalo observava bem. Ergueu o pênis potente e avançou sobre todos, sobre cada um.

Era de ver aquele ator negro, sobre quatro patas e sua cara de mármore, cravada na cópula.

26

Foi até a caixa e apanhou os seios. Aplicou-os de modo simétrico e irregular. Pareciam de carne macia – como a dos seus, naturais –, com as pontas úmidas; já vira isso em frésias e açucenas.

Uma túnica leve deixava ver a miríade de peitos; mal a cobria, quando foi para a rua e andou exalando fragrâncias. Daqueles mamilos em flor.

Passou pelo cemitério e os mortos tiveram uma ereção; saiu-lhes um pênis provisório.

Era estranho por onde ia.

Passou pela igreja e apareceu um santo; com chagas e sem sandálias.

Ela lhe disse, do fundo da alma: — Pare, santo.

Nesse segundo, a lua se formou no meio do céu, lançando um grande caudal de luz. Mas ela foi em busca de recantos escuros, sabendo que o santo a perseguia.

E ele a caçou. Na escuridão, possuiu-a muitas vezes; algumas, de modo sacrílego. Ela teve estertores diversos. Dos numerosos mamilos caíam coágulos, significando glórias e infortúnio.

Por fim, voltou ao lar. Era meia-noite ou a aurora, já?

Guardou os mamilos na caixa.

Jogou-se num sofá antigo; ficou imóvel, com a mão no alto, como se estivesse adormecida e morta.

E pedindo que a resgatassem.

27

Voavam almas brancas como a neve, em cima das casas; a alma de minha mãe, a de papai, dos avós e de desconhecidos. Formavam um enxame.

Voavam almas brancas como o leite em cima das casas.

Eu as via sem olhar para elas, lá de meu quarto escuro.

Numa delas nascera uma rosa, em outra, uma margarida. Em outra, frésias em ramalhetes.

E lá de longe vinham duas almas desconhecidas. Uma, com uma vulva cor-de-rosa; outra, com um pênis cor de fogo.

E elas iam copulando de modo leve e fulgurante.

Lá nas alturas,

um pouco mais perto do céu.

28

Diziam — A sra. marosa está saindo de trás do cravo. Com um sapato preto e outro purpúreo. Um com rubis, o outro de carvão.

Diziam isso e outras pedrarias, e me espiavam.

— Sra. marosa, aonde está indo?

— Pode imaginar?

— Está indo ao baile?

Eu me dirigi, lenta e veloz e como se voasse, para aquela casa de sempre. E de sua parede, a que dava para o pessegueiro, desprendeu-se a Sombra, a mesma que eu vira, mil anos atrás, desprender-se assim e desaparecer.

Segui em frente; lá em cima, as estrelas em ramos de nardo. Passou uma raposa de juba vermelha (como era?) e olhos refulgentes. Uma raposa da qual papai já me falara. Sei o que ele me disse, ontem.

A Sombra tinha voltado e me rodeava. (E ali adiante estava a lagoa, para que eu não fugisse.) E a Sombra ficou menos comprida, quase de meu tamanho. Enroscou-se com rapidez em minha cintura. Comecei a fazer movimentos obscenos, acentuando-os; soltei vários arquejos, gemidos, diferentes e iguais; tirei da renda que me envolvia os dois mamilos; eles ficaram rígidos; eram duas uvas; e depois abriram a boquinha.

Ao perceber isso, a Sombra deu outra volta sobre mim;

ajustou-se, ajuntou-se e me perfurou. De onde tinha surgido essa furadeira, esse saca-rolhas...?

Por fim, descolou meus mamilos – dei dois gritinhos – e os comeu. Voou um pouco; empalidecia; longa e esguia, já estava indo embora.

Depois de um minuto de completo silêncio, chorei e gritei. Minhas pequenas tetas, desvirginadas.

E já se via o alvorecer, veio com ramagens verdes.

Corriam os coelhos da aurora; e iam em fila.

Todos eram brancos.

Como alabastro, como neve.

29

Caçaram vários anjos. Quase no final da tarde.

Raras vezes caíam tantos.

Em geral, caía um por um.

Eram preparados; fervidos com facilidade. Também vimos na rede alguns sanhaços, beija-flores e um canário.

Mas todos ansiavam comer, participar, dos anjos.

— São ardorosos – disse alguém na penumbra. — Há experiência.

E parecia querer dizer: Tenho muita experiência com eles.

Ferviam-nos com pelo, e deixavam alguns com um pouco de pelo.

Com uma espátula e uma agulha, retiravam-lhes o sexo. Que parecia feito com rendas. O sexo entre as pernas dos anjos. Ainda que alguns o tivessem nas costas, feito um nardo miúdo, na cabeça ou no rosto.

O sexo tinha um perfume atraente, que causava muita ansiedade. O pequeno sexo tremia e se entreabria e girava sobre si mesmo, como se dissesse: — Eu Sou. Aqui É. É aqui.

A tarde caía quando caçaram os anjos. Com o último resplendor, eles os trouxeram.

30

A atividade no bosque dos cantares já começara. Em frente e ao longe.

A família, no lar, debulhava favas, ervilhas, e elaborava quitutes. Fui a toda, como se flutuasse, até o extremo oposto da propriedade, e então parei. Vinha um revoluteio de uva; as oliveiras desprendiam um perfume suave.

Passavam pássaros que pareciam naus. A tarde já ia cair.

Eu sabia que esse lugar podia ser o do monstro, o local de sua revelação. Quase todas as meninas já o haviam experimentado. Um ser enorme, peludo e forte. Deslocava-se com sapatinhos vermelhos, dourados ou azul-celeste. Tão grande em cima daqueles sapatinhos.

As meninas cochichavam; algum segredo; a crucificação no monstro. Algumas protagonizaram uma leve gravidez; outras uma hemorragia. Vez por outra, eu estremecia. Sem saber por quê, não fugia. Os cânticos prosseguiam no bosque dos cânticos. Elevavam-se, emocionantes, e se perdiam no vento.

Vi através dos galhos estrelas se acendendo, sozinhas ou em feixes. Pareciam jasmins, e havia algumas rosadas e compridas como bromélias.

Então senti a garra.

Emboscaram-me pelas costas. Fiquei presa a uma parede velosa e muito cálida; chorei um pouco, gritava em silêncio, como nos sonhos.

Ele me chamava: Glicínia, Borboleta, nomes agrestes dos quais todas nós meninas dispúnhamos igualmente.

Sua voz era grossa e surda como a de um boi. Tirou minha calcinha de renda, o sutiã com laços e o laço dos cachos. Manuseava meu mamilo, o ânus. Seus cascos eram muito ásperos.

Pulei um pedaço de tempo. Apareci em outro instante longínquo, como se tivesse dormido.

Tudo aconteceu durante esse intervalo.

E eu já tinha ficado sozinha, sem nenhuma companhia. Havia uma impiedade.

Um alfinete, uma agulha, atravessava meu ponto íntimo. Como um sinal sem fim.

Tudo estava em silêncio, agora. Oliveiras e uvas exalavam um perfume forte, cruzado.

Dava para ver uns sapatinhos vermelhos, de monstro, correndo na escuridão.

31

Víamos o casamento das Borboletas. Elas foram as que primeiro nos vieram à mente; pequenas como violetas.

Logo depois, porém, apareceram no ar, e lá ficaram, grandes e paradas, mas também variando um pouco de tamanho. Vibravam de leve, tremulavam. Olhávamos sua lagarta penugenta e um pouco sombria e as asas multicoloridas, belas como as dos anjos.

Eram duas (para se casar).

Durou toda a manhã.

A menininha menor pronunciou sua primeira frase: Vou... ao casamento da Borboleta.

E: Estou vendo... o casamento da Borboleta.

Houve festejo, desfiles marciais, um papa-figo que passava parou. E também alguma briga e algum protesto. Do lado sul, onde estavam os familiares.

32

Fui viver com as flores. Passei anos nas violetas, as máscaras pequeninas, perfumadas. Minha mãe ficava olhando. Eu, alta e em pé, entre violetas. Ela se inquietava e se retraía. Quase não a vi.

Fui viver com os "amores-perfeitos". As máscaras, as antifaces espantosas, e eu em pé, no meio deles. Passei anos entre "amores-perfeitos". As primas de minha mãe teciam elogios. Eu lhes dava medo. Diziam: Ela não larga mais o amor-perfeito.

Um cogumelo me chamou; era redondo, branco e cor-de-rosa vivo, tinha pérolas, ametistas, e uma espécie de dentes polidos no lombo. Certa noite, tiraram-no de mim. Fiquei com o sexo aberto e o aguardava.

Foi quando reparei no hibisco. E me conformei e me enamorei. Com o cogumelo só haveria pecado; do hibisco eu me enamorei.

Olhava suas corolas vermelhas, róseas, amarelas, os bulbos eretos. Ele me disse: Alma minha, venha a mim. Vamos nos casar esta noite, nos caçar. Já faz tempo que eu a vi. Me dê um beijo, e...

Cravou-me um braço. Dei um grito. Ali, de pé, eu me casei, meu hímen rolou; meu sangue vermelho, nevado, azul, ficou no chão. Lá em casa acendiam uma lanterna. Olhavam pela janela. Viram-me com o hibisco; entre seus braços, entre seus pés. Gritavam: A filha morreu, não a queremos mais! E eu, abraçada ao hibisco, gemia com voz de virgem. Ele fuçava, se apossava. Dizia: Você teve alguma coisa com aquele cogumelo? Ele lhe deixou algo? Essa ametista?

E remexia em meu pequeno vulvo, vermelho de sangue e de amor por ele, pelo Hibisco, que despetalava todos os seus botões. Ao alvorecer, cobri meus seios, cobri meu sexo que tinha gorjeado a noite inteira, e do qual caía um perfume forte, alguma ova, e sangue, ainda, e algumas pétalas.

O Hibisco ficou relutante. Levantou-se sozinho, cheio de bulbos, distraído e satisfeito. Ele me parecia um desconhecido que, mesmo ficando ali, já tivesse ido embora.

33

Tudo está imóvel na imensidão; as coisas têm tamanho de moscas; brilha a grade do arado. É uma folha, é de diamante.

Mamãe clama com sua voz grave que: nasceu uma amapola!

A trilha me leva até ela, até mamãe; e até a amapola; é intrincada. Mas finalmente chego. E mamãe não está lá. Só a amapola, a sós denunciada, rosada rosa, cravo de si mesma, engenhoca em gazes, tule sem donas e jardineiro querubim. O dia inteiro vou até a amapola, e vou de novo; rezo para ela; talvez se aborreça. Solta um aroma insólito de outro mundo. O que vai acontecer?

Tudo está imóvel sob a imensidão, sob as estrelas do verão e do inverno, que brilham noite e dia, por igual.

E perto, e longe, me chamam por meus nomes fantásticos

iracema

valentina, hilda,

irma,

rosa,

nardo.

Com esforço, eu me aproximo do limite.

Mas não sei prosseguir.

34

Vivíamos num lugar escuro; diziam: Lá adiante está o sol. Mas, sem crescer, eu não podia ir. Davam detalhes sobre ele, e eu duvidava de que realmente existisse.

O céu estava sempre cinzento; tinha leves complicações.

Ouvia-se uma voz dizendo: — As bromélias se abriram. As camélias se abriram.

Eu olhava ao redor e não via ninguém. Mas lá estavam, de fato, as bromélias e as camélias.

Vez por outra, atravessava o terreno sombrio uma luz miúda e rápida, uma candeia, uma luminescência.

Eu ia às salas de aula escuras; ia e voltava com o caderno branco aberto nas mãos; ele saía voando, revoluteava, e novamente eu o caçava e o lia.

Mas aprendi alguma coisa, e guardei.

Até que fui crescendo e apareceram minhas menstruações. Apareceu isso!!... E apareceu também um ser de outro sexo, que me acompanhava nas rondas noturnas. Embora nunca fosse noite nem fosse dia.

Procuramos um leito entre as ervas. Nós mesmos o fizemos. Com nossas mãos o desenhamos, horas a fio.

Eu estava apressada para que tudo ficasse pronto. Abria as pernas, de pé, e um perfume caía de mim.

Acho que nos espiavam e, no fim, o vento soprava e apagava os espiões.

Passei despercebida, ou não; correram histórias. Durante um tempo eu ouvia meu nome, Estrela, por toda parte e a toda hora.

No colchão de ervas nos acasalávamos. Ele era muito bonito, e eu, misteriosa. Ou assim me parecia.

Eu dava inumeráveis gritinhos que atraíam os espiões e todos os bichos. Todos os bichos queriam ficar comigo, entrar. Até os insetos.

Só dei meu consentimento a uma aranha de pernas compridas que me injetou sua água verde.

Nunca engravidei; meu parceiro humano clamava:

— Agora está!...

E depois: — Não. Mas o que há com você? Não faz filhinho?

Nunca aconteceu. Depois, manei alguns leites; e fui apresentada a uma madrinha que costurou minhas pequenas vias. Eu tinha apenas 13 anos. Ela uniu tudo delicadamente. Eu soluçava e me sacudia, e eis que foi feita a costura, o fecho; a restituição.

Aquele continuava me chamando. Estrela! Corria atrás de mim na escuridão. Não desgrudava. Ansiava, de novo, desenhar uma porta em mim, uma portinha, puxar a linha e reentrar, sagaz, até o fundo.

Eu já estava distante.

Dizia a ele: Essa é a casa de... Aquela é a casa de... E aquela... aquela... é a casa de Deus!

Na verdade, Deus sempre vivera ali. Desde o princípio.

Sua casa era muito grande, escura, com manchas. Deus se via e não se via. Não tinha idade, não era jovem nem velho. Avistei-o algumas vezes. Era um homem fornido e muito alto. Todos tinham medo e diziam, em voz baixíssima, Deus. Eu andava por ali com medo. Alguns esbarravam em mim na escuridão, bramavam: Você já se acasalou, já foi semeada muitas vezes. Venha cá.

Senhora, venha.

E mostravam a ponta do sexo (a ponta, o resto ficava encoberto), que eu tocava e lambia, com habilidade e timidez, e onde havia uma perolazinha, uma lágrima. Isso me fazia lembrar de tudo o que havia praticado e do que tinham feito comigo.

Mas me afastava. Não dava a mínima para os clamores íntimos que ardiam por todo o pasto; recolhia minhas tranças, meus pentes.

Olhava para sempre. A casa de Deus.

35

Ele se apresentou e me disse (mas não o vi): — Sou o Irará e isso só quer dizer Ir a Ra. Ra é a belíssima cidade... Sim, Ra com r e não com rr. Ra. (Explicou.)

Ra?

Fiquei absorta. Ir a Ra.

Ele desapareceu, ao que parece, e eu prossegui. O que aconteceu? Esperei mamãe chegar, e ela não chegou.

Ir a Ra.

Pelo ar, enquanto eu avançava havia as oliveiras. De dez em dez, ou parecia. Depois, em bosquezinhos, cinzentos e sedosos. Caíam sobre minha testa as olivas pretas, verdes; mágicas prebendas e azeitonas.

Eu não notava que aquele um me seguia. Ia atrás de mim, quase agarrando meu tornozelo, talvez. O desenho que eu fazia ao andar, ele também fazia. Sem saber, eu traçava seu passo. Havia uma lua vermelha, que ficou cinzenta, rosada, azul-celeste, pintada de leve, aquarelada. Essa lua nunca passava. Mas deixava ver. Do meio das oliveiras, muito de vez em quando saía uma rainha frágil e nua, a tiara em forma de astro, e ia para seu palácio.

Só refulgira um pouco, levemente.

Muito, muito então se passou; andei nessa névoa; nessa névoa me casei, tive marido íntimo, gemia, desovava, e gemia de novo; creio que formei rebentos e os pus.

Meu marido me chamava de A que anda. Ou me chamava de Nardo. Eu piscava.

Tinha vontade de que minha mãe ouvisse que me chamavam de Nardo. O Nardo. E também A que anda.

Passaram-se os anos; meu marido partiu para a guerra, ou, não sei, para algum grande trabalho. Os filhos ficaram esmaecidos. Creio que, ouvi dizer, aprenderam a voar como os patos. Em outra comarca.

Os anos se passaram e ouvi uma coisa, através da lua de rosa e das oliveiras chegou-me um leve bramido, um silvo.

Parei bruscamente.

Era aquilo de cem anos antes: "Sou o Irará. Chegamos a Ra. Sou o Ir a Ra. Sempre estive atrás de você".

E saltou. Enfrentou-me sobre duas patas. Fiquei à sua sombra.

E seu rabo feito um grande e fúnebre espanador, e o pênis vermelhíssimo apontando para mim, certeiro, como o de meu marido.

36

Os planetas vinham. Sempre, e os amei. Desde que os vi, quando menina, olhando para o céu sem querer, e alguém disse: São Planetas. Que palavra esta, planeta! Parecida com platina, patena de ouro, metal polido, narciso do paraíso.

Os planetas vinham. Eu estava no jardim, caída, esperando o amante que nunca veio. Estava estendida lá. Afastei as pernas, aprontei os seios. Eles abriram o bico e piavam devagarinho.

Alguns planetas se aproximavam em queda livre, outros planando como falcões, para exibir-se.

O que me tomou primeiro tinha asas grandes e douradas que me envolveram sussurrando enquanto durava a cópula. O membro era enorme, de pura esmeralda; o sêmen, um licor ardendo em chamas.

Esse bebeu o sangue que manava de mim, devagarinho.

Decolou, e logo havia outro. Amei todos eles. A cada um entreguei um himenzinho. Pois perdia um e logo me nascia outro. Eu dava gemidos, pequenos gritos, palavras inventadas.

Todos saíram, voando para o nada. Subiam planando feito falcões; já saciados, para exibir-se. Ou iam para cima em linha reta.

Eu continuava deitada sobre meu lençol rendado, o

cabelo roçando o chão, a mão quase tocando o solo. Dormia docemente.

Passaram-se horas.

Ouvi alguém dizer na cozinha: Morreu dormindo, uma estrela a matou.

37

Para onde deveríamos ir, ninguém disse. Embora eu acredite que uma de nós teve uma explicação, logo se esqueceu dela e a ocultou.

Pairava a convicção de que, fazendo o caminho, veríamos seu sentido e o ponto de chegada. E aquele resplendor de açúcar e de sal na lonjura!, atrás do monte. Era uma noite escura, e a leve luz de sempre, e os beija-flores da noite em verde intenso, com luz própria, ajudavam-nos no percurso.

As casuarinas, frondosas, redemoinhavam como se um vento que não existia as movesse intensamente.

Também surgiam rosas no ar, algumas sozinhas, mas quase sempre em ramalhetes.

Começaram o orvalho e as lembranças.

Todas nós trouxemos à memória a casa familiar. A copa, a hora do jantar. Uma disse "berinjelas". E fez sua descrição. Potentes, escuras e arroxeadas e violáceas, e vermelhas, azuis, grandes como ovos de um pássaro gigantesco, e o sumo de um amargor delicioso.

Aparecia em sonhos a mãe de cada uma cortando berinjelas, em rodelas, pondo-as no fogo. Enquanto também arrumava a multicolorida cestinha de pão.

Percorremos quilômetros, talvez, emudecidas, sonhando, e as rosas caíram de nós. Não estavam mais em lugar nenhum.

Uma de nós montava uma potrinha. Então essa vinha a cavalo! A potra estava com a boca entreaberta e seus dentes eram parelhos, grandes e lisos como teclas. Nesse momento, manamos nossa menstruação.

Manou sangue das entranhas. Que felicidade! Trocamos delicadamente o cendal. Era sinal de que não estávamos grávidas. E nos esquecemos de que éramos virgens.

Mas em nossas bodas formidáveis, imaginárias, temíamos a gravidez.

De repente, feito um chumbinho, um beija-flor escuro atingiu a testa daquela que estava vindo na montaria. Ouviu-se: É ela quem vai parir. E já chegaram. O lugar é este.

A avisada desceu do cavalo com dificuldade, deitou-se no chão, afastou as pernas, e com um leve Ah!, doloroso, sexual, pôs no mundo outro ser. Sob a luz tênue, ele nos pareceu de porcelana robusta. Não dava para saber se era macho ou fêmea, nada. Seu formato era incomum, desigual, de animalzinho estranho, saído de vulva virgem, a mãe gemeu mais um pouco, como se a estivessem possuindo. Depois fechou o ventre e se uniu a nós.

A criatura agora voava, mudava-se para os altares campestres, que já haviam surgido porque, sim, era esse o lugar. Os altares estavam bem afastados e vestidos de preto, com chapéus bicudos, altos, agudos, e com muitos colares de pérolas branquíssimas. Alguns apareciam de costas e levavam amarradas às costas a finíssima vassourinha. Eram altares em forma de bruxas, de elegância extraordinária. A criatura sabia se conduzir entre eles.

Para nós, tudo ficou inalcançável.

Mas víamos, cada vez mais, objetos noturnos, biscuits caindo do céu, e outras coisas absolutamente impossíveis de descrever.

38

Estava ligada ao maciço de cogumelos que crescia numa abside do quarto. Desde sempre, e por todo lado. Eram cogumelos aparentemente comuns, brancos, escuros, pardos, com o reverso marrom. E com uma fragrância sexual, leve, como é comum nessa espécie.

Não estavam unidos, mulher e cogumelos, por nada visível, ou que pudesse ser tocado.

Mas o vínculo existia. Os cogumelos eram um pedaço da mulher, situados um pouco longe dela, separados.

Muito jovem, na idade dos estudos, foi matriculada num Instituto. Seus pais hesitaram. Iria em frente? Sobressaía em tudo e agia sempre como uma estrela. Solitária, o verão estava quase terminando, mas ainda faltava muito tempo para o início dos cursos.

Por aqueles dias, ou por aquelas noites, teve seu primeiro amante. Ele a visitava na escuridão, pulando a janela.

Ela se despiu por completo e realizaram figuras eróticas desmedidas, algumas atrozes.

Ele era obsceno, mas fino; ela, libidinosa, extremamente lúbrica, e finíssima. Mas a cópula era na pele, externa. Ele não a varou, respeitando o hímen, já que não ia se casar com ela, essa mulher que tinha um pedaço seu longe, em forma de gordos e leves cogumelos.

Certa noite, sem querer, sua mãe os espiou. E chorou. Depois viu que era a hora de sua filha e se calou.

A atividade carnal durou algum tempo, e, enquanto durava, a moita de cogumelos uivava suavemente, como lobinhos, encrespava-se, nasciam mais cogumelos, cogumelozinhos.

Tudo trinava, tudo gorjeava como pintassilgos.

O homem ficava inquieto, ou apavorado, ao ouvir esses trinos, e perdia a potência viril, que logo recuperava, e a cópula prosseguia ao som daquele gorjeio.

Ele resolveu terminar. Ela aceitou, ajeitando a calçola azul-celeste. Dentro daquela calcinha azul-celeste, despediu-se dele.

Embora tivesse medo. De alguma coisa imprecisa. Uma possível gravidez. Impossível, pois não estava rompida. Difícil. Tocou a vulva, examinou-a a fundo, fechou-a e fechou também a calcinha.

Então teve medo de que ele espalhasse o acontecido, de que falasse disso por toda parte.

Ele não estava pensando em nada, no momento. Não a beijou quando saiu. Pulou a janela. E deu uma olhada na moita de cogumelos, que assobiou para ele na escuridão.

39

Encontrei-me com Atenea; era quase noite, e era noite; entrevia-se, bem perto, o arvoredo. Vi sua esbeltez e seus pés nus, o rosto hierático, os olhões de coruja.

Depois de um instante, quando a lua saiu das nuvens, diante de mim, em êxtase, ela abriu a blusa, desabotoou um botão.

Mas não sei se estava vestida ou nua. Vi seu peito, aberto, oco. No lugar dos pulmões havia ninhos com outras corujas, já grandes aquelas pombas estranhas, esvoaçantes e observadoras. Uma delas, aliás, tocou-me com a asa e dei um grito. Atenea ia fechar a blusa e espiei, embaixo, se por acaso teria mais cria no abdômen.

Não vi nada.

Atenea caminhou à minha frente, esguia, com passo de deusa.

De repente, do arvoredo ou da lua, saiu Dyan, a caçadora, e se uniu a ela. Estavam de braços dados, e de repente se deslocaram pelo ar e foram para longe, instalaram-se lá em cima como dois pontos brilhantes. Eu olhava e rezava, mas isso não mudava aquela coisa extraordinária.

40

As tias Lirio, Joacina e Palabra vinham me visitar de vez em quando. Numa delicada caleça. De longe eu as via vindo, embora não as visse. Antes que se desenhassem eu as estava vendo, mas já era a hora do entardecer.

Passaram entre morangos, lilases, entre a rosa em botão e outras flores.

Nas redondezas, cães e gatos silvestres. Passaram pela casa de santos.

Ao entardecer, os santos caminhavam nos vinhedos. Pareciam translúcidos e luminosos. De perto, porém, adquiriam alguma espessura. Tínhamos alguns parentes que eram santos. E viviam ali.

Por isso, as tias, ao passar, esquadrinharam.

Lirio, Joacina, Palabra, as tias.

Chegaram ao entardecer. Estavam vestidas de preto com avental cor-de-rosa. Esguias e ágeis, e de uma beleza quase augusta.

Eu queria ser uma delas. Uma tia. E me vestir assim.

Fomos para a sala. Nunca queriam comer. Nós lhes dávamos morangos num pires e creme de nácar, que mal provavam.

Falavam num idioma desconhecido que nós, no entanto, sabíamos de nascença. E depois na língua corrente; e, ao mudarem de língua, era como se pusessem ou tirassem uma máscara.

Eram tidas como virgens. E eram.

Naquela tarde, uma delas se levantou com rapidez e leveza, e disse: — Vou parir. E foi para uma cama. As outras duas ficaram tensas. Eu fui ver.

Pariu sem um ai e com um leve ai.

Explicou, rezou: — Não tive nenhum namorado, mas tive um caso com o Gato.

— Que gato? - falei.

— O Gato. Anda por aí de noite. E é esperto; trepou em mim por aqui. Foi meu marido por um instantinho. Um minuto, só isso.

E apontou para a fina pélvis.

Não havia sinal de nenhuma cria.

Só as janelas radiantes. E lá uma figura que passava voando. E que parecia levar coisas.

ROSA MÍSTICA

— Não sei – disse ao sair do sonho.

Tomou um chá.

A Aurora já estava sentada sobre o pedregulho de sempre. Olhou para ela. Todos os dias a contemplava. O vestido era comprido, e era vermelho e rosado como o coração de uma melancia. O cabelo, sombrio, flutuava. O rosto de uma beldade.

Olhava-a excessivamente, como se quisesse confiar-lhe algo. A Aurora desapareceu.

Nesse momento um macaco, velho e muito forte, apareceu no vidro.

Fez sinais para ela, uma careta, tentou animá-la. Talvez fazer com que pulasse dos lençóis, onde se escondia, nua e com a flor lá de baixo, lilás, entreaberta.

O macaco se tornou obsceno, fazendo gestos equívocos e inequívocos. Ela desapareceu sob os lençóis e quando, por fim, se levantou, o símio não estava mais lá; como se tivesse acreditado que ela se esfumava.

Andou alguns passos, com medo. Sua menstruação veio. E ela atou em si um cendal. Vestiu-se. Pensou por um bom tempo em como avançar por esse dia. De cada seio seu caiu também uma gotinha de sangue, e depois um ovo de pomba, que ela quebrou e comeu. Comendo a si mesma, andou mais um pouco. Já era a hora grave, a sessão. Com rapidez e lentidão, começou a se mascarar, a se pintar de amarelo e rosa, de dourado, de carmim, de açucena, de aleli. Adquiria diferentes cores, algumas cândidas, outras terríveis, e por fim obteve mais uma vez a mesma máscara, que era uma cópia de seu próprio rosto, só que mais acesa e fantástica. Vestiu o manto e saiu de casa.

Andou pelos bosques; olhava para cima, para baixo, procurando alguma coisa, sem conseguir recordar, por mais esforço que fizesse, o que estava procurando.

Nisso, ela viu o morcego, largo como uma bandeira, cor de carne, preto, violeta. Fez soar um zumbido, um rumor, como um fio; ela lembrou que estava sangrando. Num voo pesado, mas magistral, o vampiro tomou-a. Agia, em tudo, como ave e como homem. Num segundo ela se liquefez. O animal ambíguo adejava em sua parte íntima feito um galo. Ela começou a sentir, e vez por outra vibrava como uma flauta, um flautim. Ignorava que tinha tal bandolim. O estranho marido se afastou, e voltou tentando possuí-la por outros lugares. Tinha perdido o rumo e se dedicou a seu rosto e a um braço, e depois foi embora. Restou um cheiro de sangue. Ela disse para si: Por que fui tirar o cendal?

Disse para si: Agora talvez eu consiga o que quero. Sou outra. Vou fingir. Não vou contar a ninguém. Sua máscara gesticulava levemente, falava como se fosse de carne. Embaixo, a carne estava pálida. Foi seu dia nefasto. Que dia. Entrou pela janela e se deitou no chão. De cada mamilo ainda saía um rio de gotinhas de sangue e de ovinhos – tudo nupcial –, que ela comia.

Houve manhãs em que bordava sem conseguir nada, depois da xícara de chá e de construir pacientemente a máscara.

Convidaram-na para ver a colina dos macacos, e ela recusou; ninguém sabia que já fora requerida e estava em perigo.

Eram colinas pequenas, escuríssimas; em cada uma morava um símio velho e solteiro. Cada um era quase negro e lascivo. O que apareceu no vidro morava numa das colinas.

Perguntava-se se havia perdido a qualidade. Talvez sim, talvez não. E se por esse motivo o outro lhe estaria impedido. Vejamos. O que tinha acontecido? Já não se dava conta. Era uma manhã de chuva, mas mesmo assim havia muito sol e apareciam caracóis. Tinha pavor de que sua mãe a encontrasse deformada, que dissesse, gritando: O que fizeram com você? Mas, o quê?... Quando passou entre duas bromélias, a mãe indagou, mediu-lhe o talo, o tamanho do ventre, o peso de cada peito, e a deixou passar dizendo: Cuidado com as plantas.

A mãe não a nomeava; então ela não sabia seu nome. Nos dias seguintes, algo se desprendeu de seu ser e partiu para sempre. Foi uma primavera estranha. Capaz de parar seu coração; nasceram crisântemos. Uma galinha deu um pintinho, de seu ventre; como uma vaca. Não queria olhar. Era outra vez uma açucena, com a corola mascarada, fechada a qualquer casa e esperando o grande dia. Estava em brasa. Criava gemas, e não as fecundavam. Sonhou que tinha filhotes por toda parte e eram vergônteas.

Chorava sonhando. Ao acordar com a boca contra o travesseiro, chamou de novo o morcego que nunca mais tinha vindo.

Foi quando Danilo a conheceu, e, logo depois, Juan a conheceu; eles a conheceram de longe, e depois de perto, sem tocá-la. Davam-lhe a mão: admiravam seu rosto invisível sob a máscara, que era cada vez mais trabalhada e bonita.

Então teve a ideia de maquiar também os seios. Começou pelo esquerdo.

Fez neles uns desenhos diminutos e pintou cada bico de vermelho vivo. E começou a deixá-los nus, mas sempre vestidos com aqueles desenhos.

— Dão coisas. Soltam coisinhas – explicou a Danilo e a Juan, que ao observá-los bem de perto viram, em cada um, um notório orifício por onde sairiam as dádivas.

Alguém que espiava o trio entre as ramagens, dirigindo-se apenas a ela, clamou: — Vou denunciá-la à Polícia; espere só para ver.

Disse isso e escapuliu.

As bromélias estavam duras, verdes, róseas; algumas bem grandes, outras mais diabólicas e gráceis. Uma serpente ou lagartixa se formou de repente dentro de uma delas, e cochilava com sua cabeça parda.

Os três foram para um canto. Ao abrigo, Danilo disse uma coisa. E Juan quase a mesma, mas parecia outra. E era a mesma.

Esbelta sua cintura, pérolas no decote, sangue misterioso, o peito de fora. A máscara de ouro, criatura inapresentável. Amavam-na sonhando na fumaça da velha e encantada cozinha.

Comeram até muito tarde sementes de abóbora, e depois um dos três, sem convite, comeu um ovo.

Foram para outro refúgio. Danilo e Juan. Contavam uma história que não tinha fim. No final, talvez pudessem ir até os leitos, tentar uma epopeia, uma luta heroica contra ela. Hastear bandeiras, um revólver, colheres com iniciais de platina.

Partiram à noite, virando o rosto para trás na escuridão, para espiar o que ela faria agora sem eles, sozinha.

Recolheu-se ao travesseiro. Girou um pouco no colchão sobre si mesma. Desde já esperava o grande dia. Era bom não copular nunca; com a mente, fechou sua rosa sexual, cravejada e aberta sozinha, e dura como uma ostra, onde o morcego tinha fuçado no dia anterior. Dos seios pintados saíam silvos meio assustadores, gotas de azeite de oliva. De uma oliva rara que ela criava em suas zonas benditas. Em suas partes malditas. O morcego, pensou, nunca poderá contar nada.

Não poderá dizer: Fui até o fim com essa senhorita, com essa santinha. Não poderá espalhar.

E tampouco voltará, jamais. Não sabe onde moro. Não lhe dissera. E ele não entendia.

Chorou um pouco, um choro quase vaginal. Mas esperava um grande dia. A data triunfal se aproximava pouco a pouco. Iria se apresentar trêmula e altiva. Açucena do Vale, ouviria. Sua mãe, orgulhosa, olhando e dizendo: Eu sempre soube. Beijava-lhe a mão. Beijavam-se as mãos.

Oh.

Danilo voltou para espiá-la de perto. Olhou pela grade, ali onde o macaco havia observado. Não a chamou porque não sabia seu nome. Ninguém o pronunciava. E para que ela não reconhecesse sua voz e se fechasse ainda mais. Mas depois não aguentou e clamou: — Preciosa, minha filha.

No meio da noite, ela ficou desperta como um rouxinol, e pensou: Quem me chama como se eu fosse sua filha? Vamos ver. Acendeu uma lâmpada, pequena como um anel. Danilo entrou e a cobriu. Ela disse: — Eu já estive com outro, mas era morcego. Ele me desposou, sim. Fiz isso com ele. Com você não vou fazer. Não posso, senhor, com o senhor não. Não e não. Pare, senhor, não tente isso jamais.

Ele não podia com aquela espécie de rede sem buracos. Não entendia o nome do antecessor; e estava surpreso com a notícia. Falava-lhe ao ouvido, e ele com ela, ao ouvido também, como se tivessem dificuldade para ouvir.

— Você esteve com Juan? Foi ele? Me diga a verdade. Sinto muito, mas não importa. Eu serei seu bem supremo.

Você será minha esposa na escuridão. Embora eu me una a outra à luz do dia.

Ela ouviu essa novidade.

Danilo não avançava. Estava mais brilhante que um tição. Parecia de luz. Lançava um brilho ardente. Quase a incendiou.

Ele a ouvia falar de um certo dia, do futuro, do que aconteceria.

Danilo lhe disse ao ouvido: — Sra. cordeira ou ovelha, chega de pirraça. Estamos de acordo ou não? Responda, senhora, já sabe o que eu quero dizer.

Ela não se lembrava de como fazer para chamar seus pais. Parecia um pesadelo. Falava e não conseguia se ouvir.

Ele a lembrou de sua singularidade como se fosse um grande crime, um pecado mortal. Sua máscara, e os peitos com a boca entreaberta de onde rolavam coisas, alimentos libidinosos, que ela engolia contente.

Tocou seu estômago, e ele estava plano e nu. Sorriu ao recordar que tinham ingerido grãos de milho ou sementes, sêmen de abóbora, ah, fazia quanto tempo?, algumas horas, um mês?

Dormiu um pouco, cansado de batalhar diante dessa presa que não lhe dava nada. Beijou-lhe a boca, os dentes, a língua. Por fim, possuiu-a ali. Naquela boca fina, de muitas cores, de fantasia.

Depois correu para fora; já longe, deu um grito, virou lobo, cão, gato, macaco, louco, morto. Dizia aos gritos, mas com medo: Eu me apossei dela. Possuí-a pela boca, por onde come e respira. Que mais? Lembrava-se do buraco, que parecia uma vagina cheia de dentes, de espinhos. Ah, gritava. Ah! Agora sim eu a venci. Um ano olhando para sua fantasia. Quem é ela? Agora sim eu abusei dela. Afundei-a. Que boca que ela tem! Profunda como uma sonda, como...

Chegava o alvorecer de um outro dia. No meio de um campo estranho, Danilo parou de chofre e se recompôs.

Guardou o sexo que deixara para fora desde a luta sombria e quase inútil naquele quarto. Ou teria sonhado? Ou teria se casado com um manequim?

Resolveu contar a Juan o acontecido, mas não se atreveu porque tudo era escorregadio, sim e não. Teve vontade de voltar correndo e pelo pátio de trás, para que não vissem que fora visitar de novo aquela figura extraordinária, agora, ao amanhecer. E assim foi. Pelo vidro, como o macaco no dia anterior, viu-a como uma menina, porém comprida, parecia mais comprida que qualquer outra, dormia sem lençol, como a deixara, com os olhos abertos, os seios estreitos e compridos, um pouco eretos e um pouco caídos e muito decorados, e havia um lenço sobre a vulva. Um vento leve entrou, o pano caiu no chão e viu-se o animalzinho em toda a sua graça, em todo o seu esplendor, peludo, violeta, lilás, e com ramos. De violetas. Entravam e saíam dali bichinhos preciosos, polidos. Lá de fora e através do vidro sentia-se seu perfume. Ele respirou fundo. E lambeu os lábios. Depois resolveu se casar com outra, talvez nessa mesma manhã, e assim escapar do diabo.

Por muitas horas ela continuou imóvel, mesmo estando desperta.

Disse para si: Estão me seguindo. Talvez eu não chegue ao fim.

Preparou-se para a luta. Não sabia se conseguiria, perdida a integridade poderia ser escolhida? Seria examinada? Certa vez ouvira no vento que, às vezes, examinavam. Também não tinha muita noção do que o vampiro fizera. Ela consentiu. Não havia dúvida. Porém... O pecado voltou, nítido. E se repetiu sozinho. Sem o protagonista ativo.

Estou pecando sozinha, disse para si. Sem me mover, estremeço e tudo acontece. Percebo que sou capaz de ficar grávida sozinha.

E assim foi. Concebeu. Ficou profunda e profusamente grávida. Deu leite nessa mesma noite. Foi maternal essa noite inteira, e várias outras. Arrulhava com a boca aberta, soltava um gemido, o sonzinho de um canto enquanto dormia. Depois, certa meia-noite, quase deu à luz. Era muito prematuro. Agora estava solteira, grávida sem ter feito nada com ninguém, nem com Danilo. A história do morcego...

Passaram-se, pontualmente, nove meses. Sob o manto e a máscara, foi uma mãe incipiente e depois mais avultada. Só o que fez foi se esconder da mãe.

Às vezes, sonhava que já havia parido. Ou que sofria um aborto e se esvaía em sangue. Ou que se casara com Juan e com Danilo.

Deu à luz sozinha, num entardecer, quando não havia ninguém em casa. Era um menino branco, mole, feito dela mesma, um ovo angelical; morreu, rápido.

Vou levá-lo até a bromélia, pensou. E o levou. Enterrou-o nessa planta, ali. E voltou para os lençóis.

Logo correram boatos. Agora se questionava a quantidade. Ela afinava a máscara. Essa proteção se tornava cada vez mais intrincada e perfeita. Agora lhe dava trabalho demais. Uma coisa desumana. Que ela cumpria dia após dia.

Não teve muitas notícias de Danilo durante a gravidez. Ficou muito perturbada ao dar à luz. A passagem da criatura por suas vias estreitas, e sem poder gritar, por motivos óbvios. Num minuto ficou arroxeada, quase morreu. Teve, no trajeto do mesmo ser, várias sensações, algumas obscenas; por fim, pariu e descansou.

Ele teve família, como sua mãe, a avó e as tias. Mas ela o escondeu na bromélia.

E ficou, pelo menos em aparência, outra vez donzela, selada e fria.

Com Juan houve alguma aproximação. Falou com ela no bosque, como o vampiro.

Dizia: — Ah, mas que vestido bonito que você está usando. Me deixe ver o que tem embaixo dele. Posso adivinhar.

Choveu um pouco, de leve, havia sol. Não entendia bem

por que queriam tirar seu vestido. Ele era lindo, mesmo. Com um laço cor-de-rosa em algum lugar. Era de sua mãe. Ela o emprestara.

— Me deixe lambê-la... um pouco - pediu-lhe Juan, respeitoso. — Sei do seu estado. De solteira, e não vou lhe fazer mal. Embora se comente...

— Oh, disse ela.

— Sim.

Aferrou-se a ele, como a vítima ao criminoso.

— Não diga nada; minha mãe poderia ouvir. Ouve tudo em seu pensamento; sei disso. Acho que não ignora mais nada. Vai me castigar. Não sei o que vai acontecer. Não sei para onde ir.

— Vamos para a caverna - disse Juan. — Lá você verá. Veremos. Agora é o melhor que posso lhe oferecer, Beleza sem Fim. Vamos, divina máscara.

Deram-se as mãos e partiram entre as margaridas, como se fossem merendar ou dormir.

Mas Juan estava bem acordado e alerta. Ela sim estava no ar, adormecida. Ao entrar na caverna, quase acordou. Ele a beijou para que continuasse adormecida. Fazia-lhe perguntas, e ela, dormindo, respondia.

No entanto, não contou a história do morcego. Hoje isso lhe pareceu ruim, ridículo.

Mas ouviu a si mesma, com surpresa, dizer: — Pari de tarde; só uma vez. Não vou conceber mais. Fiz isso uma vez, e só. Eu sei como fazer. Fiz outra vez.

E acrescentou: — Sou um violino.

Diante de tal afirmação, ele clamou: — Vamos ver, soe para mim.

Os dois seios, pintados a mais não poder, deram um gritinho baixinho e prazeroso; entreabriam-se, fechavam-se e voltavam a se abrir.

Juan disse: — Me deixe mamar. Um pouquinho.

E fez isso.

Depois, agradeceu e disse: — Fazia tantos anos que eu não fazia isso! Desde que era neném. E já passei dos 30. Amo você, bandolim. No escuro; amo demais; nessa caverna onde a admiro e morro por você, e não me importa se Danilo cruzou com você, se ele lhe deixou o sinal.

Ela estava como uma harúspice apagando o Destino.

Vamos ver.

Revistou-a. Detectou seu corpo, a parte que estava oculta, olhou seu ânus e a vulva. O primeiro muito bonito, perfumado e róseo como um botão de flor, e a segunda alarmante como uma galinha, uma aranha, pura penugem e plumaço, borboleteante.

Ele fez os movimentos sexuais, sua dança de macho, meio tonta, meio enfeitiçante. Mas ela, sob a bela máscara, continuava adormecida.

Pensou, ele, em esquartejá-la, assim, rígida, sumida.

Mirou-a, certeiro. Bem no ponto central, levantando as plumas pretas, a penugem, para enfiar direito o buril. Ela deu um grito breve, uma coisa lúgubre, de virgem, de louca... Uma coisa lá de dentro. Uma coisa estranha. Como se a própria vulva tivesse chorado. Vulva da qual caiu um pouco de sangue, como ocorria com frequência. Lá fora, os pássaros cantavam.

Assim, saíram da caverna sem se casar. Ela procurou de novo seu cendal, sua calcinha, que vestiu de qualquer jeito, na escuridão.

Ele a esperou; pouco depois, começou a caminhar diante dela, e se afastou, rápido.

Danilo voltou de manhã, depois de um ano em que não aconteceu quase nada. Pelo menos, foi isso que ela achou. Talvez tivesse havido uma guerra, Danilo tinha mulher, Juan também. Podia vê-las. Eram mulheres brancas e gordas, espessas, de banha e presunto; eram belas, de algum modo, e notava-se que tinham pecado, paixão. Que se adestravam, dia após dia, no trabalho de esposas, de bravas companheiras. Tinham a boca redonda e vermelha e os olhos entrecerrados. Eram duas e uma só. Pareciam uma.

Era difícil para ela captar isso; esquecia-se e voltava a vê-lo.

E com a volta de Danilo, ela chorou, sem perceber, dentro do tule escuro. Na cama, acolhia Danilo como visita correta, tomavam chá juntos, ali, e um dia a mãe entrou e ele ficou quieto sob as colchas.

Quando viria o ano em que seria a eleita? Conformava-se pensando que, inexoravelmente, o dia se avizinhava, se aproximava, e havia tanta coisa a preparar. Por ora, não ceder. Não, a Danilo. Não. O vampiro não falaria nada. Já se esquecera dele. Tinha sido um bicho, um ser agraciado. O que ele não conseguiu entre seus adejos! Ela ficou apavorada. Na lembrança, que voltava, reviveu a dor, e a monstruosidade do noivo, seu aviamento de outro mundo. Justo com ela, acontecer isso. Depois o parto virginal, e a morte, e a bromélia, também.

Nada mais parecia interessar a Danilo, além dela e da escuridão, da ilusão que se formava ali entre os lençóis, mesmo sem alcançá-la, sempre sem isso, a pequena obscenidade, mas bela, enfim. Pôr pauzinhos, talinhos em seus orifícios, uma flor vermelha ou nevada, escolhida, no ânus, outra na ostra, e assim por diante.

Ele se contorcia sozinho. Era sua serpente, sua víbora. Esperava o dia triunfal, ela. Ninguém sabia disso. Só ela. E abraçava a si mesma. Rezava até em voz alta para que sua perda fosse anulada. Para chegar íntegra ao grande dia. E assim foi. Certa manhã, fechou-se, estreitou-se ao corpo de Danilo, que fisgou alguma coisa, e se alegrou e se entristeceu.

— Agora deixe – suplicou. — Agora eu que vou fazer, como ontem o diabo, o bicho. Deixe, pelo amor de Deus, deixe. Não, não grite. A senhora sua mãe poderia ouvir.

Despontou, sem olhar muito, a cabeça da mãe, que tinha ouvido alguma coisa, sim, mas só viu a máscara. Algumas de suas assombrosas lantejoulas; e seus bordados.

Danilo se conformava com os simulacros. E um dia Juan faria o mesmo.

Ela, como em sonhos, sempre se perguntava: — Por que estão me seguindo? Eu não vou parar; vou para o grande dia. Vou...

Procurou nos livros se seria examinada quando chegasse a hora. Estava totalmente confusa. Não entendia direito o que se dizia ali. Mas como se entregar assim dormindo e com um destino tão deslumbrante ali adiante?

Às vezes, contudo, quando nenhum deles a visitava, resolvia se abrir para os dois, amplamente, incandescente. E se dobrava de novo à espera do grande dia.

Depois houve outros acontecimentos, todos miúdos, mas insólitos; queria escrevê-los, mas não era possível, não conseguia escrever. Passeava em busca do macaco, do morcego, com pavor de que aparecessem. De um deles foi esposa; do outro, a pretendida.

O perfume de Juan e o de Danilo eram diferentes, mas agiam sobre ela, mesmo anos depois, com extrema eficácia. Faziam um torniquete em seus ovários. Teve delírios. Mas continuou pensando em seu dia de glória, em sua sombria simplicidade, que desejava manter a qualquer custo, até que visse o egrégio brilhar.

Logo começaria a trabalhar. No enxoval. Pois teria de ir de noiva. Adiava isso sem saber por quê. Se ela não o bordasse, quem?

O mais importante ficaria para o fim.

Foi ver a bromélia. Procurou-a entre tantas. Onde jazia seu bebê, seu filhinho de ontem, tido ela com ela. Refletiu um pouco. Nessa tarde teve vontade de parir outra vez. De ter prazer. Pegou os pincéis e decorou os dois seios, que depois do banho ficaram brancos e retos. Fez neles círculos encantados. As moscas machos que andavam pelo jardim, dentro das flores, vinham e se metiam nos mamilos.

Pobre corpo. Pobre coitado.

Azafamado havia anos. Espicaçado como poucos. Pensou: não o protejo. Não sei o que fazer. Com o que vou me cobrir? Não tenho panos. E olhou vagamente para o guarda-roupa. Mas sem se mover. O pincel caiu de sua mão.

Juan e Danilo a haviam esquecido. Teve a impressão de ouvi-los, rindo dela, criticando sua singularidade. Que fazer? Pensou: Beberam de mim. Os dois. Estive na cruz com cada um. Mas me salvei. Vamos ver se consigo chegar à grande ocasião.

E é melhor não engravidar mais sozinha. É estranho. É estranho. Percebi isso. É estranhíssimo. Não pode nem deve ser.

Saiu e deu voltas em torno da bromélia.

De noite, porém, soou como um violino. Sem querer. Seu útero, calicezinho extremo, logo ficou ocupado.

Outro ser se desenvolvia ali a passos gigantescos. Teve de usar sutiã para disfarçar o leite que escorria prematura e irremediavelmente. Seu ventre crescia.

Nessa época, vieram procurá-la.

Era um senhor velho, calvo, de óculos.

Observou-a. Explicou: — Sim, eu a via de longe. É assim que eu a via. Vou me casar com ela.

A mãe disse: — Ah, bem, vamos conversar. Ela é... bem... não sei explicar... é sempre igual. Como quando nasceu. Não teve nenhum marido. Nem mesmo pretendentes. Como é solteira, não devo dizer sua idade.

— Minha senhora, a senhora não se adapta a esse transe nem à realidade. A senhora me desculpe - disse o homem.

— Ela é bela - continuou a mãe -, e há muito tempo se maquia. Sempre fez isso sozinha. Veja sua máscara. Que trabalho exemplar. Nunca antes visto. De pura cepa.

— Não entendo - disse o homem -, eu não entendo.

Mas mesmo assim as coisas foram acertadas e a conversa terminou.

Só que debaixo do roupão pulsava a gravidez. Que nessa mesma noite, depois do jantar, deslizou pela vagina com um leve plop. Ela disse Ai, Ai, me ajudem, por favor. O feto caiu. Ela o apanhou. E visitou outra vez a bromélia. Oh, que horror.

Casaram-se num dia de chuva. O casamento se viu envolto em névoa; foram dar numa cama, que logo ficou parecida com a igreja. Aconteceu isso de estranho. Mas entre os seios finos a cabeça calva flutuava.

Ela explicou: — Estou adormecida. Não me acorde, senhor.

Ele viu que era certo. Envolveu-a na seda do casamento, e logo a levava de novo para a mãe. No meio do caminho, tentou possuí-la. — Você é minha paixão – disse-lhe. — Não tem escapatória, venha.

O trabalho teve início. Estavam na relva, na neblina. Ele, lutando com uma morta. Ela, com um touro, uma espécie de bovino ou cavalo, velho e fino. Ela desmaiou. Mas voltou à vida. Contudo, sempre em outro ponto, como que longe dali. Por fim, o velho bovino a fustigou e a maltratou e a penetrou. Várias vezes. E nenhuma. Ela permanecia como antes, embora ele a mantivesse fincada, com o antigo membro dentro dela, quase até o umbigo.

Meu morcego, disse ela, estranhamente, e abraçou sua cabeça. Disse outra vez: Meu morcego, estranhamente.

Assim começaram esses dias da eternidade. Não voltou para a casa dos pais. Entrou em cheio na obscenidade. Aquela velha serpente era terrível: era despudorada como nada antes. Foi atroz com ela, que era, no entanto, culpada de cumplicidade. Se ele se afastava um dia, ela dizia, debaixo de sua máscara: Venha, senhor, para...

Não parecia ser ela quem falava, mas era. Sua máscara lhe dava cada vez mais trabalho.

Às vezes, sozinha, tornava-se um violino, mas ele a espiava e a assolava.

Dizia: — Minha concubina, minha marida.

Coisas assim.

Voltou, em segredo, a preparar a glória.

Iria se apresentar. Desfeita. Disforme. Com uma lagosta na boca e outra na vulva. Mas iria do mesmo jeito. Pois era dela.

Nesse meio-tempo, subiu para visitar a mãe. Que lhe deu conselhos. Disse: — Você já se entregou, imagino. Há esposas que permanecem virgens.

— Eu não - respondeu ela.

A mãe a olhou. E a viu adormecida, como se ela nunca mais fosse acordar. Mesmo assim, conseguiu dizer: — Já vou. Preciso cozinhar.

E foi. Entrou na cozinha. Um focinho a farejou, o mesmo de sempre. Mas agora ela deu um grito. E disse: — Me deixe, vamos beber alguma coisa, um pouco de leite, de santidade. Eu vou para um altar, do qual não voltarei. Mais.

Ele ficou meio atordoado, mas lhe fincou um dente outra vez. Tinha se acostumado a lacerá-la assim, caninamente. Depois a curava, beijava-lhe a têmpora.

Então ela dizia: Pronto, senhor, pronto. Agora, entre agora, também. E tudo que acontecera antes lhe parecia mentira, o morcego, sua fantasia sob o lençol com Juan e Danilo. E as gestações que iam parar na bromélia.

Agora, nesse diálogo do útero com o velho, o útero dizia cada coisa, respondia o tempo todo, coisas inquietantes, enfeitiçantes, até que ele retirava o músculo, e o outro, o útero, ficava ansioso e com vontade de falar mais.

Bebeu sêmen com frequência; engolia-o com gosto e voltava a beber. Bebia sêmen quase todo dia. Gostava disso cada vez mais. Já o sugava com artimanha e facilidade. Estava muito bela com essas ações, mas não dava para ver, sob a máscara aperfeiçoada. Pensou que devia experimentar com outro. E foi até a vereda. Falou com alguém que passou. Explicou-lhe. O outro respondeu: — Não, fantasma, tenho medo, vou embora correndo, senhora pintada.

Mas depois de um tempo conseguiu beber um jovem de muito poucos anos; que ficou assombrado com a aparição. Aquela boca fina e debruada, cor de víbora, que sugava e sugava. Disse-lhe: — Aparição, vamos mais lá para dentro, para a mata. Fazer outras coisas. Ela foi e se portou com muita presteza.

Depois entrou em casa e começou a desenhar. Só uma coisa. Fez um esboço maravilhoso. E o escondeu num lugar.

E depois, como quem fecha uma porta, voltou à obscenidade. Chamou o marido e disse: — Bebi outros, não aguentava mais. Agora tenho uma sede imensa.

Ele disse: — Bem, bem, bem. Você vai ver só.

E isso soou misterioso, ameaçador. Mas voltaram a se acoplar.

Este é o marido, dizia ela, e o estreitava com as pernas, sem olhá-lo.

Para onde vou?, perguntava-se. Estou adormecida. Preciso lutar contra isso também. E o dia, com certeza, já se aproximava. E ela assim, perdida. Será que iriam recebê-la?

Era terrível como seu corpo estava agora. Todo diabolizado. Com valvas por toda parte. Com dentes e salivas. Com vários olhos.

Ele dizia: — Roubei uma santa e a fiz em pedaços.

Ela respondeu: — O morcego me destronou.

Mas ele pensava que o morcego era ele.

Ela acrescentou: — Tive dois... dois partos. Um, uma vez, e o outro, dois anos depois. Os filhos que tive comigo mesma morreram. Veja, senhor, como eu engravido sozinha.

E estremeceu. Deu um grito agudo.

Ficou bem claro que estava prenhe de novo.

A história não tinha mais fim. Estava cansada. Passaram-se algumas semanas.

Foi até um prado. Abortou com uma agulha e se banhou. Como todas as mulheres de seu povoado faziam quando queriam abortar.

Resolveu voltar à luta. À antiga luta. O feto foi-se pelas lagoas.

Foi procurar a mãe.

Foi como antes, com os seios compridos de fora, como quando era solteira e quase donzela, mas ao chegar agasalhou-os.

Do meio de uns galhos, um espião lhe disse: — Sei bem qual é a sua. Vou denunciá-la. Vou mandar matá-la.

— Por quê?

O outro torceu a boca.

— Você copula muito. Passou dos limites. Vai cair. Sem dúvida nenhuma. Perdeu a conta. E isso é inadmissível. Você vai pagar por isso. Todos sabem de tudo. Até da história do bicho. Ele caçou você, lá. E você deu tudo para ele.

E apontou com exatidão o local do acontecido.

Ela disse: — Será que estou dormindo?

Falou com a mãe: — Deixei um feto nas lagoas. É preciso falar com franqueza. Consigo engravidar sozinha. Cometi outras coisas. Bebo meu marido, e, às vezes, outros homens. Eu os tomo devagar e com fúria. Sou atroz. Mas não quero perder minha glória.

A mãe pestanejou.

— Estou alimentada com sêmen - prosseguiu. — Gosto disso.

A mãe ficou gelada, e depois bateu nela.

Deu a impressão de que ia se estilhaçar, mas se recompôs.

Meteu-se na cama da virgindade como se não fosse mais sair.

Como sempre, sua ostra se abriu e verteu alguma coisa, aspirava, falava. Não havia homens na vizinhança. Foi em sigilo até a vereda. O espião apareceu. Com o nariz arfante. E se satisfez.

Depois se ofereceu para matá-la, caso ela quisesse acabar com aquela vida.

— Não - disse ela -, não. Espero pelo meu dia. O da glória. Logo chegará.

Então ele ficou com raiva e atacou-lhe um seio. Disse: — Vamos fazer de pé, melhor que deitados; é melhor. Talvez eu não saia mais de você. E ficamos engatados. Venha, fêmea, sim, assim, estamos prontos.

As estrelas ardiam. Um pato gritou. Um grito fúnebre. Que os deixou mudos. Ele tentou se separar e não conseguia. Ela também não se soltava. Não conseguia. Veio o alvorecer e eles ainda estavam assim. Até que alguém que passou teve pena deles e os soltou. Ou então eles mesmos fizeram isso, e pensaram que havia sido outro. Ele, pálido como a morte, com um esgar esquisito; e ela, de máscara.

— Pobre, pobre da minha perereca – dizia ela alisando sua ostra, curando-a com água e vaselinas e camomilas. — Pobre anjo, divino diabinho.

E devo ir ao altar. Eu.

Alguns dias depois, já refeita, voltou para o marido, que não tinha ido procurá-la e a viu chegar, sombrio. Disse-lhe: — Já a esqueci, senhora.

Sem ouvir, ela lhe mostrou o sexo, ainda róseo, avermelhado, debruado.

Comeram a maçã com toda fúria, todo o arbusto do bem e do mal. Ela se acostumou a vagar, saía e voltava, cozinhava e lavava, preparava mais maquiagem, e preparava aquele dia da glória; no esboço se viam as coisas.

Quando sentia um prurido nos seios, ela chamava o amo. Provocou-o: — Queime, estou aberta. Veja.

E lhe mostrava os estranhos mamilos que tinham uns olhos grandes, vazios. Ele olhava em todos os lugares e lhe dava uma apalpadela lá, aguda, selvagem.

Ela acrescentava: — Agora me deixe. Vou com outro, e volto.

Já não se sabia que laço os unia. Eram como outros.

Ele dizia para si, misteriosamente: Aprendeu como um corvo, dá bicadas, me arranca, me faz em pedaços. E teve a impressão de que estava vendo pedaços de seu ser pelo chão. Não trouxe uma virgem. Já havia parido. Eu percebi. Eis os resultados. Está adormecida, é verdade, mas ao mesmo tempo está vivíssima. Cheia de ovos. Não deve haver nada igual. Parece o diabo. Eu não entendo.

Ela já estava voltando. Dava para vê-la pelo vidro. Dava para ver a máscara, azul, dourada, os olhos abertos, os seios abertos, esburacados, como duas bocas, como duas vulvas. Um deles menor.

— Estou morrendo - disse o velho.

E ela segurou sua mão.

E ficou viúva.

Nunca tinha visto um morto, ou não se lembrava. Este ficou branco como a neve e repleto de um jasmim apodrecido. Estava todo rígido e adornado. Com esforço, enterrou-o sozinha.

Pensou um pouco, mas era como se não se lembrasse mais dele. Foi avisar a mãe e voltou correndo. Olhou para ver se ele continuava enterrado. Tinha ouvido dizer que alguns saíam da terra. Agora dispunha da caverna inteira. Poderia desenhar até altas horas, testar, aperfeiçoar o esboço, acrescentar-lhe pedras, das mais deslumbrantes, das belíssimas.

E não negligenciar o exercício, o seu, extremo. Alguém despontava nas janelas; a Polícia passou. Ela receou que a examinassem. No fim, tudo ficou quieto. Disse: — Vou me casar, logo; já estou acostumada.

Sua mãe lhe enviou alguns ramos, azeite de oliva para friccionar a vulva, só e sombria; enviou-lhe outras coisas que se dão de presente às viúvas. Ninguém entrava; só um ganso, que não quis ficar, embora tenha lhe dado milho. Veio pelo ar outra ave e se chocou contra o vidro. Ela estava se maquiando: pintou o rosto da cor do aleli. Estava sozinha. Tinha medo, hoje; tinha vergonha. Herdou a caverna, o baú, o armário onde estavam o esboço e outros preparativos. Com recato, pôs uma calcinha, mas era como se estivesse sonhando e nada a acordasse. De noite, bebeu um pouco de vinho, que tinha sido do marido. E foi como roubar o morto. Para isso ele não a convidava, mantinha-o guardado. Ah, pensou, que bom. Pensou, de repente, em toda a sua vida; voltava com o vinho; ouviu o que antes se comentava: "Que menina esquisita... Que... que bonita", diziam, como se quisessem disfarçar.

Num alvorecer qualquer, um macaco a observou. Um dos que viviam nas colinazinhas. Poucas semanas depois, andando no bosque, o morcego a chupou. Ela colaborou.

Deu-lhe passagem. Mostrou. Depois, teve dois filhos consigo mesma. Ficou com vontade de ir arrancar a bromélia. Danilo e Juan a lambiscavam lá fora, enfeitavam-na (seja lá o que isso signifique), punham raminhos em seus orifícios. Ela percebeu.

O casamento tinha sido na névoa do meio-dia, mas parecia de tarde e parecia de noite.

O marido a estava levando outra vez para a mãe, quando aconteceu aquilo...

Estava na caverna. Pôs a cabeça no travesseiro. Havia uma fumaça leve, e ali as coisas apareciam, se repetiam.

Quando, quando chegaria o dia da glória? Ia mesmo ser rainha? Mas ela nunca duvidava disso. Estou com vontade, pensou de repente. Estou com fome. Vou ver se encontro um homem. Faz doze horas que estou viúva, disse, inventando esse intervalo, por não conseguir discernir bem os tempos. Eu não sei procurar, disse para si. Sei onde Danilo está. Vou atrás dele. Chamou-o na escuridão. Vamos comer sementes de abóbora. Venha a mim.

Danilo teve medo da louca que voltava, como que fora da estampa, da virgindade. Viu seu rosto dourado na escuridão. Já era tarde para qualquer coisa. Ela esperava atrás de um arbusto. Com um cravo na mão, como quem diz: Eu me ofereço cantando, ardendo. Manejo o fogo. Venha a mim.

Danilo ficou espantado. Ela parecia estar adormecida no ar, falando.

Já a mulher dele dormia em seu berço, branca, de banha e gordura, bela, gordíssima.

— Minha mulher está aqui. Vai acordar. Não vai me encontrar. Agora tenho filhos.

— Eu agora sou viúva – respondeu ela, e segurava o cravo como um cetro, como um círio.

— Bem, querida, fazia tempo que não nos víamos. Nunca me esqueci das coisas... dos lençóis, do seu peito estranho de onde manavam virtudes, corpinhos. Que você comia.

Ela se viu ao longe, como se fosse de porcelana. Como num conto. Disse: — Venha cá e fique quieto. Sei o que fazer.

Pouco depois, ele deu um grito. Um pássaro cantou. Ela se ergueu. Comentou: — Vou voltar. Você é meu licor. Estou ébria. E passou a mão pela boca, de onde ainda gotejava um vinho branco, espesso e macho. Ele a viu partir na escuridão, requebrando. Via sua mantilha, a saia, quando ela já não estava visível.

— Ela vai vir de novo. Vou me esconder. Sem mais pecados – disse, já pensando num outro dia, em ficar ereto de novo atrás do arbusto para que ela sugasse sua ambrosia.

Ela, refletiu, é hábil como uma santa. Tem carisma... uma qualidade abençoada. Percebo isso. Antes, eu ria um pouco.

Não conseguia tirar da lembrança a língua dela, fina como uma agulha, dura como uma cartilagem.

Assobiou para espantar o frio que o percorria como se fosse morrer.

Na outra tarde, ela arrumou seu vulvo, que estava preto e grande. Benzeu-o com água, perfumou-o, friccionou-o como se fosse um anel, escovou os pelos com uma pequena escova que era do morto e que ele nunca emprestava. Mas sim, ele a emprestou para isso. Saiu e se deitou no campo. Não queria com animais. Parecia ter sido consagrada ao morcego. O dia da glória o teria no escudo.

Moveu os quadris, primeiro devagar, e depois num ritmo frenético. Por um lugar impossível, a mãe a espiava. Era o que lhe parecia. Ela não conseguia parar. Não conseguia parar. Estava cega. Ninguém apareceu. O espasmo chegou sozinho e a contraiu. Deu um grito.

Pensou em ir urdir alguma coisa, em se esquecer, em aperfeiçoar o objeto, em aperfeiçoar o esboço; fazer vários e escolher. Tocou a cabeça. Ah, pensou, fazer o quê. Ir assim para a glória; com um buraco. Mas não conseguia parar.

Aquela noite foi aveludada. Aconteceu muita coisa no escuro. Beijavam-na, penetravam-na; ouviu que era o espião que voltava a agarrá-la, e depois queria matá-la. — Não - respondeu. — Eu vou para a glória. Você vai ver.

Ele se enfureceu de novo. Possuiu-a por vários lugares, deitou e rolou.

Ela, sob o manto de viúva, ficou desenfreada, pediu uma coisa e ele aceitou.

Encontrou-os dormindo juntos, o novo dia. Ele, como aquilo que era, um simplório, e ela com uma coisa estranha sobre o rosto, como se tivesse atravessado o Além durante a noite.

Murmurou para o espião: — Fique de marido, fique aqui, espião. Não me persiga. Preciso desenhar. Preparar meu dia.

Ele ultrajou seu seio como se quisesse romper a glória dela e do dia.

Entretanto, ajudou-a por diversão; nos esboços. Faziam uma coroa. Desenhavam nela muitas pedras. Um losango e um morcego.

Depois inventavam mais pecados. Ela era a inventora e ele, um bronco, que tinha de dançar ao som dessa hortênsia louca, com o talo esbelto e a cabeça pintada de cor-de-rosa.

Pois todo dia ela aperfeiçoava a maquiagem, dava-lhe um toque novo. Às vezes, era uma máscara que assustava, mesmo sendo bonita. O espião lhe ordenou: — Vá lavar o rosto.

Mas em seguida se assustou.

Nessa tardezinha, Danilo apareceu e brigou com o espião. Tiveram uma desavença. Entretanto, ela desenhava, nua, adormecida e alerta.

Por fim, resolveram fazer as pazes, e que fosse ela a convidada. Um melro cantava lá dentro e lá fora.

No dia seguinte, não conseguia discernir. Foram os

dois ao mesmo tempo? Vamos ver. Ouviu o que cada um de seus orifícios expressava. Tocou-os para ver como os haviam polido. Estavam radiantes e prontos para outra celebração.

Disse: — Vou fazer uma sopa, que é coisa de santos. Preciso repousar. Ir até o túmulo. Falar com o morto. Nunca o esquecerei.

E se entusiasmava, e fez uma espécie de discurso ardoroso. Depois, viu descer de um dos seios uma guloseima pequena e quente, com um ardor sexual. Comeu-a, virando-a na boca por um bom tempo. Disse: — Estava divina.

Passou pela história com um buraco. E quem cortaria o traje? Sua mãe nunca entendera bem. Antigamente, os queijos ficavam no armário, dormindo rosados, cheios de orifícios, com ratos e tudo; e casca de madeira.

— Talvez alguma coisa, ou tudo, se ajeite se eu comer o queijo. Quem parte essa cabeça, a cara de cima e a de baixo?

Comia com pão e alguma erva. E com um pouquinho de sangue de lagarto, que tinha gosto de pasto.

Alimentada, foi ver seus preparativos. Olhou um calendário de outros tempos. Para ver se havia uma data irisada.

O dia da glória. E a coroa estrelada.

Seguia e prosseguia a eternidade. O espião foi embora, escapuliu como se fugisse da igreja.

O queijo acabou. Sobraram algumas migalhas, que ela plantou.

Fazia tempo que não visitava sua mãe. Levou-lhe uma planta de queijo, pequenininha; regou-a no caminho.

A mãe disse: — Mas não... Como você plantou queijo e como ele brotou?

E ficou pasma. Olhando para aquela viúva e seu rosto de diamante e esmeralda.

E a viúva perguntou: — Mamãe, eu sou pequenininha?

A mãe viu que tinha de responder: — Sim.

— E então como eu consegui plantar o queijo? Que deu uma flor redonda e grande.

A viúva começou a se sentar em várias cadeiras - a mãe a olhava.

Algumas (das cadeiras) não tiveram essa honra porque, ao acaso, ela pulava algumas. Ou premeditadamente as evitava. — Sou a filha de Deus - ia dizendo. — E vou reinar.

Pegou os desenhos e lidava com eles quase no escuro. E, às vezes, na luz. Ficou morando ali. Desenhando. Foi de novo para a cama. Preparava a máscara no mais alto grau. Dizia: — Sou uma viúva ou uma giesta.

Como se não conseguisse discernir mais nada. Mas continuava alerta, talvez como nunca. Trabalhava na preparação. Receava que a mãe a castigasse, pois um dia tomou sua confissão. Aproximou-se e perguntou: — O que estava fazendo?

E ela contou.

— E como aprendeu isso?

Ela ficou muda. A máscara parecia uma borboleta suprema, com uma fibra de cada cor; mas se divisavam os olhos azul-celeste, dois.

Nos dias seguintes, banharam-na com ervas diversas; aproximavam um sapo para que ela o tocasse. Batiam-lhe um pouco.

Teve um pouco de febre, e a mãe se assustou.

Dizia: — A história da caverna talvez não seja conhecida. E a da vereda, o que...? Foram vários, muitos e muitos...?

— Não sei, não sei.

A ideia começava a se acender de novo em sua cabeça; olhava para a mãe, sangrenta e sorridente, e por um viés do sorriso ia de novo rumo àquela necessidade. E ia com sua particularidade. Adormecida e desperta, pensou em sair nessa mesma noite. Ir até a vereda, atravessar o bosque; debaixo do lençol, tirou o lenço íntimo e depois começou a imaginar.

Mas a mão continuava fazendo, no papel, uma coroa; a dos rubis e da predestinação. E ia se aproximando do modelo. Estava ficando assim; belíssimo. Até para um desenhista supremo.

Pensou que sua mãe deveria procurar homens para ela, por que se opunha a isso? Disse em voz alta: — Mesmo sendo tão pequena, preciso deles. Do contrário, não consigo viver. Não consigo chegar a Deus.

E o tom era como o de quem pede pão, purê, um raminho de flores, ao entardecer.

Passaram-se os dias. Procurava não ficar grávida. Ficar prenhe sozinha; voltar a parir bonecos, paródias. A bromélia estava rígida; verde e vermelha, e parecia olhá-la com espanto.

Encheram-se de frangos e galinhas. Era a época da grande reprodução. Da multidão maior.

— Quero um frango - às vezes ela rezava com voz tíbia -, um frango de mim.

E mantinha bem escondido o desenho onde aparecia uma anunciação.

Naquele verão, o bosque cresceu; ficou carregado de flores e perfume; de bichos. O aleli reluzia. Foi colher alguns de seus ramos para ficarem de lembrança, para as floreiras.

Gosto do aleli, vai estar comigo quando meu dia chegar.

Então uma figura a interceptou. E disse: — Sou eu.

Esse era um nome? Eu?

Disse-lhe: — Vamos, senhora, venha, senhora, venha. Aqui, debaixo da minha roupa, tem um lugar muito bom para você.

Ela olhou para todo lado. Caiu de um galho uma flor branca feito papel. Ela estendeu a mão, por não saber o que fazer, mas a flor caiu longe e estremeceu, como temendo o que pudesse acontecer.

Já estava sob o manto. Tocou um corpo estranho, algo nunca visto, talvez nem pressentido. Era um corpo grande, uma formação imponente. Essa figura dizia: — Conheço você, sei por onde andou.

E fechava mais o véu. Ela estava agarrada a um ventre. A outra artimanha. Depois de um tempo, conheceu o desconhecido. Quase morreu.

A figura, com ela às costas, agarrada debaixo do véu, viajou um pouco, obrigava-a a andar enquanto copulavam, e depois a levantou, beijou-a, obrigou-a a repetir aquela coisa, com o rosto oculto.

E se retirou. Ela ficou muda no meio do céu, do bosque florido e dourado. A máscara contraída, como a cara de uma criança que chora.

Ficou transpassada. Mas tinha se viciado, se cevado.

— Agora sim - disse - é que nunca vou conseguir alcançar nada.

E logo depois acrescentou: — Não, não, pois se é isso que mais ajuda.

Recompôs-se. Estava feliz. Parecia de ferro nesse oculto. Chamou um jovem com aparência de ovelha que estava colhendo flores para vender e que era feio.

— Venha - pediu -, se case um pouquinho comigo, mas com suavidade, e assim vou me lembrar e me esquecer.

— Mas quem é você? Não vejo seu rosto. Está decorado.

— Sou... a senhora de... um morcego (saindo pela tangente); tive relação recentemente.

Num riachinho, lavou-se à vista do jovem e foi a ele para a ressurreição.

Ficaram juntos até de noite, jaziam fazendo coisas miúdas, usuais, pequenas malícias.

— Afinal – disse ele ao ir embora –, foi bom esse casamento com uma máscara.

Sacudia-se, tirando o perfume dela, das margaridas vermelhas e amarelas, de seus diferentes fluxos, que pareciam ter grudado nele para o resto da vida.

Quase na escuridão, virou-se, de longe, para olhá-la.

Ela estava rígida como uma planta, a borda de sua boca e sua face brilhavam.

Ela, agora alheia a ele, pensava: — Aquele manto! Quase me levou! Ia embora com o manto! Teria ido.

Pela primeira vez lhe haviam perpetrado um trabalho assim, soberbo, extraordinário. Então seu caminho não tinha volta.

Mas correu, pensando: Ah, preciso terminar o desenho. Isso em primeiro lugar. Se não... o quê?

Sua mãe conversava com as vizinhas. Sob um rumor de canários. Alguns amarelos, outros pretos, outros rosados; andavam soltos pelos galhos. Quase não dava para falar, com aquele frio, aquele hino. Estavam conversando e paravam para ouvir aquela coisa angelical. Que parecia ter o poder de tirá-las para sempre de qualquer outra coisa e até da vida.

Mas a vizinha dizia: — E sua santa, senhora? Sua menina?

E a mãe ficava imóvel como uma vara. Respondia: — Está na cama. (Mas se assustava com a palavra cama.)

A outra, com um medo fingido, perguntava: — Já sabe falar?

— Ah, sim, sempre soube. É muito ilustrada. Embora...

— Mas e...? Vai dar filhos? Isso poderá acontecer?

— É uma mulher. Espero que encontre alguém que goste dela. Ela não se fixa nunca...

A vizinha mordeu os lábios. Riu um pouquinho. Disse para sua irmã, olhando para dentro, e para que a mãe a entreouvisse: — Eu a vi grávida. Mais de uma vez. Tem a cara esquisita, de todas as cores. E parece que nada prospera em seu ventre. Ela se ajunta com animais. Meu filho que diz. E teve uma coisa nunca vista, relações com um espantalho; agora há pouco lá no monte! Era de tarde e todo mundo viu.

Começou a costurar.

A mãe ficou imóvel. Olhou, e via de longe um rosto irisado, dourado, fora da realidade.

Gritou para a vizinha: — Saia, senhora, senhora malvada, escute. Tinha me esquecido de dizer. E você também se esqueceu. Minha filha é viúva. Já teve marido. E ele morreu. Não faz muito tempo. Teve gestações, sim. Quem não? E as perdeu. O resto são mentiras.

A máscara se erguera mais na cama e a olhava. Entreabriu a boca. A boca chorou.

Mas logo sorriu, ao ver que os canários entravam e saíam cantando como serafins.

Acomodou o desenho sobre os joelhos. A coroa já estava quase inventada. Viu a si mesma, magra e fina, com uma valva desmesurada. Que era preciso alimentar permanentemente. Os canários não podiam arrumar nada. O jardineiro espiou pelo vidro e viu aquele rosto com cruzes douradas, mas, enfim, bonito. Viu-a sair da cama, todo o seu talhe tão magro e nevado. E os peitos cônicos e perfurados. Disse para si: Dizem que é idiota. Vamos ver. Assobiou devagarinho. Fingiu que estava podando. Ela fechou a porta que dava para a mãe, com tranca. O jardineiro não entendia, mas logo entendeu. A tesoura de podar caiu com um golpe seco. Não podia ser verdade.

Mas era; pulou a janela. Ela apagou a lamparina. Descerrou um véu, que ficou entreaberto à vista do céu.

Espantou-se ao sentir a mão dela como uma pinça, um escorpião, e depois sentiu os lábios mestres e viu o supremo buraco ao seu alcance. Copularam por um momento breve e longo. Não se beijaram. Não era o caso. Ele era um jardineiro de um dia. Ela, uma deusa. "A rosa da eternidade", pensou, falou para si.

Ela ficou de pé, nua, até que ele pulou a janela e voltou a podar, olhando, vez por outra, pela janela. Ela continuava de pé, como se tivesse morrido, assim, ereta. Ou como se tivesse acabado de nascer, assim, de pé.

Depois de um longo tempo, pensou: Sinto vergonha. Esse aí me transpassou.

Pegou uma agulha fina e a enfiou para tirar de si a galadura. Que pareceu cair no chão. Foi o que lhe pareceu. Pensou vê-la diminuta e em reprodução. Ah, bem, vou descansar um pouco; pode ser que continuem vindo. Vários. Via-se sua parte íntima, pois ela não pôs o lençol. Desceram coisas dela, brotos, lágrimas e algum inseto maravilhoso com asas prateadas. Ela voltou a enfiar a agulha para o caso de ter ficado algum rebento.

O espião queria matá-la ao ver que lhe escapava, que não voltava para ele. Olhava-a pela janela, como o jardineiro. Viu-a abortando, desinfectando-se. Foi o que pensou. E pensou: Como ela é estranha!... Parece Deus.

Olhou-a outra vez. Ela continuava à vista, em pé, agora com um ramalhete pequenino de rosas, posto na vagina.

Ele continuou olhando, colado ao vidro, até que veio o entardecer.

E ela foi se apagando como um desenho, como se nunca tivesse existido.

Então ele gritou: — Não se apague. Me deixe entrar, eu suplico. Vou tirar as rosas. E comê-las. Não tinha percebido. Você é Deus mesmo.

Entrou e ficou a noite toda com a Divindade.

Um dia, ouviu que sua mãe – foi o que lhe pareceu –, ao se referir a ela, a chamava de Amelia. Logo depois, pensou ouvir Lorena. Foi a única vez que entendeu seu nome. Mas não se atrevia a assumi-los. Amelia ou Lorena. Eram dois. E, então, nenhum. Brincava com eles como se fossem bonecas.

Seria bom ter o nome determinado. O que houve? Ela se esquecera? E de tantas coisas, não?

O marido lhe perguntara, ordenara: — Quero ouvi-lo dos seus lábios, diga, diga-o, ora, como é que você se chama?

E ela respondeu, sinceramente: — Não, não consigo. Nunca consigo me lembrar. Não.

Assim, teve de se acostumar a ser ela mesma, só ela, sem nenhum título. E se agitou um pouco mais na cruz.

A vizinha despontava detrás da trepadeira. Sua mãe saía para conversar, baixava os olhos como se sentisse vergonha.

— Senhora, e sua menina?

— Está desenhando. Se você visse o que ela faz! Se visse que projetos! Está esperançosa.

A coroa brilhava no desenho como uma estrela, vermelha, verde, iluminada, como se tivessem apertado um botão e a houvessem acendido. Ela a pôs numa bacia com água e a olhou dentro da água. Ficou assustada. Fechou os olhos. Com o que viu.

— É preciso – pedia mais tarde – que venham me ver.

A mãe ouviu e fechou a porta e fechou as janelas.

Mas ficou com pena de mantê-la encerrada. Levou-lhe geleia, doce de figo, que beleza. Ela se acendeu. A mãe saiu. Ela se estendeu e pôs o doce de figo em sua parte extrema. Mais tarde, abriu a janela com cuidado. Deitou-se na cama e retocou a untura, o unguento. Uma mulher entrou de repente. Ela lhe disse, no escuro: Ah, não, não, vá embora, mande seu irmão. O irmão entrou. Ajoelhou-se:

lambia na penumbra o doce de figos. A mulher olhava, embevecida. Ela, estendida, com o rosto riscado, dava pequenos gritos, todos diferentes e cada vez mais esquisitos, como se estivesse alcançando o topo do mundo. Nesse instante, quase se casou com Deus, mas o jovem retirou o membro mole e ela não se consagrou. Seu coração batia com força, um seio para fora da blusa, bicudo e obsceno como nunca. Também o untou com figo; o outro voltou e o lambeu. Punha a língua como uma ponta, um alfinete, sugou. A outra mulher queria participar, ser protagonista também. Mas era mulher. Não tinha nenhuma chance. A viúva se negava a isso. Acendeu uma vela e viu seu sexo todo de pelúcia, preto e vermelho como uma flor de biri, como uma víscera. O irmão meteu outra vez e ordenou: — Vá embora, irmã, ela é minha. Vou morrer com ela. Tem luxúria e mais alguma coisa. Está amaldiçoada.

A máscara se sacudia, agora num frenesi sem fim. Que entrem os canários do dia e vejam a comunhão, a extrema-unção: que se aninhem e cantem na minha calcinha.

A calcinha estava no chão, como se esperasse para voltar a recobri-la, como se descansasse.

O homem olhou-a e se retirou. Expressou para si mesmo, mas com força: — Isso já é um escândalo, é a morte. Seria preciso costurar isso.

A mãe, atrás da porta, pôde ouvi-lo. Então se deu conta. E aí teve início sua reverência. Era preciso cuidar do poço sagrado. Era isso. Virou-se, altiva. Daí para a frente passou a defender o corpo da filha, que agora chamava de Corpo, com uma estranha cortesia, e o ninho, que chamava de Ninho com extrema consideração. Preparava-lhe variados unguentos, as mais finas vaselinas, fervia flores – margaridas – para o ardor dos ovários e para os mamilos inchados por onde também passava o sêmen nas noites mais fundas. Cortou calcinhas para ela, todas rendadas e recortadas, que mostravam as flores, os botões de flor na frente e atrás.

Houve uma sucessão de visitantes. Vinham como abelhas. E houve um intervalo, um tempo, um repouso. Já estava lustrada, engastada, ressuscitada, totalmente pronta para a elevação. Ou ainda faltaria alguma coisa?

Nesse momento começou a fazer milagres, curas, ressuscitou um canário. Abortava com frequência, sozinha, introduzindo-se uma delicada sovela, e oferecia a Deus a galadura que caía no chão. Mas assim começou a ser Deus.

Um dia, o espião lhe disse: — Mexa o traseiro e ficarei com você. A noite toda.

Ela aceitou. Debaixo dele, com o ventre no chão, as tetas pressionadas, sentia uma rara emoção. Disse para si: Passei para outro degrau. Sim. Ela estava mais perto lá de cima. Seus olhos azul-celeste, dois, brilhavam na máscara como os de São Pedro fechando e abrindo as Portas do Paraíso. O espião não podia vê-los. Só ordenava: Mexa o traseiro, coisa minha, meu Deus. Foi assim que se tornou Deus. Foi nesse dia que se deu conta. Quando se desprendeu, ao alvorecer, mexida e sangrenta como nunca antes, sentiu a santidade que já andava como sêmen por toda a sua barriga. Moveu as mandíbulas, comia aquilo; era um figo, uma erva. Sou Deus, repetia. Porém, para não perder isso, era necessário descansar um pouquinho. Olhou sua vulva, separou suas pétalas. Viu, sentiu que ainda estava radiante e escura, da cor do biri e das vísceras. Lá de dentro saiu um bicho de cor belíssima. E se foi pelo lençol; pouco depois, voltou, e o escondeu no mais fundo de si mesma.

Naqueles dias fez a primeira cura. Saiu campo afora.

Ia nua debaixo de um véu, aproveitando que era primavera. A mãe a seguia. Ela lhe pediu: — Não, não, vou sozinha. Me deixe agora, já.

A mãe perguntou, sem saber mais o que perguntar: — Você está grávida? É quase certeza. Tenha cuidado. E ao abortar tenha muito cuidado. Mas se livre, sempre. Você não pode andar com filhinhos.

Ela ouviu e se lembrou. Fazia tempo que não se examinava. Foi até a beira de uma lagoa, abriu as pernas, diante de uma garça rosada, que não se moveu.

Brotou do meio de suas pernas um requintadíssimo nardo perfumado, ela se desinfetou, eliminando o que poderia haver ali com um gritinho.

A garça abriu os braços rosados e subiu.

Perto dali, viu um doente que tinha surgido como um cogumelo, uma planta. E a olhava com olhos enlouquecidos.

Ele a observara naquele ato de procurar o embrião.

O doente ficou maravilhado. Perguntou-lhe: — Você é Deus? Todos dizem isso.

Ela, em seu devaneio, disse sem perceber: — Sim.

E mostrou-lhe um mamilo.

— Oh – disse o doente. — Minha dor sumiu. Eu estava quase morto. E me transformei. Então vou amar você. Deus milagroso.

Seguiu em frente. Um melro cantava. Transformou a água suja em água clara.

Mas, disse para si, preciso entregar ainda mais. Isso não basta. Não dei o bastante.

Passou uma vaca; e alguém que cuidava dela. Ela falou, mostrando bem o rosto maquiado: — Dê-me de beber, cuidador de vaca.

Pegou e sorveu. Pediu: Agora me monte. Rápido. Devo sofrer mais. O da vaca tinha medo. Pensava: Está louca.

Viu seu talo esbelto, a rosa preta e vermelha coberta de pelos. Não aguentou mais.

— Isso – pensou ela – tem de acontecer dez vezes por dia. Ou não vou chegar lá.

Na verdade, já estava bem no alto, quase com a coroa posta. A mesma que havia desenhado.

O da vaca se tornou terrível, martirizava-a; humilhou-a um pouco, depois muito e depois muitíssimo; e chamou os outros com um assobio. Surgiram não se sabe de onde. Ah, como fizeram aquilo. Trocavam seu sexo e seu nome. Era homem e mulher. Teve esposo na boca e no ouvido e no umbigo também.

Deixaram-na estendida, nua, de costas. Sob o sol.

À noitinha, como pôde, ela se levantou. Ah, pensou, é outro degrau. A dois minutos estava a glória, o dia divino, o anjo do fim.

Tinham levado seu manto. Como prosseguir? Nisso, adormeceu. Acordou um pouco melhor, pensando nos dias distantes da virgindade, quando o morcego a libou e a lambiscavam, na cozinha e no leito, Danilo e Juan. Recordou seu casamento. Não lhe saía da lembrança. Mas tudo voava, distante e improvável como um conto. Agora, era Deus.

Mas para sustentar isso, ganhá-lo para sempre, era necessário outra vez... Se não...

De noite, sentiu que um animal a farejou e depois, desajeitado, foi até seu sexo; ajeitou-se a ele fazendo malabarismos. Lambeu o sangue que outros tinham lhe tirado. Ela se emocionou, abraçou-o. Ele tinha um ventre felpudo e grosso. Parecia apropriado. Ah, que sorte. Ele se empenhou, ela o ajudou, procurou seu sexo e o meteu no dela. O animal deu um grunhido imenso. Não saía, se amancebava com ela. Não a deixava. Ela pensou: Será que ainda não gozou? Acariciou-o mais um pouco.

Não quis, na luz que aumentava, saber como ele era, a que espécie pertencia. Gozaram outra vez. Ela fechava os olhos azul-celeste. E voltava a abri-los. Ele engatinhava, dava-lhe coices sem querer.

Sentia aquela carne estranha, escura, revestida de pelos, com um cheiro sombrio. Pensou: Vou ascender. O dia está próximo. Serei o próprio Deus.

O animal não conseguia se desprender do centro dela, tão estranho para ele, e no qual caíra por acaso. Estava num abismo. Agonizava, morria. Ali, dentro daquilo.

Ela, espantada, quis afastá-lo. Ele gozou outra vez, deu para notar; e depois faleceu; de súbito, com dificuldade, ela o sacudiu, olhou para ele. Era um bicho esquisito. Com corpo grosso e rosto miúdo. E olhinhos negros, tristes.

Não sei, é um cão montês, não sei. Teve prazer comigo. E eu com ele. Sou o próprio Deus.

Envolveu-se no manto que apareceu de novo, e foi embora. Sem ver qual era esse vale onde isso tudo acontecera.

A beleza de seu vulvo já era célebre. Pintavam-no por toda parte. Entreaberto e envolto num resplendor sagrado. Faziam um óvalo amplo, em forma de amêndoa, rodeado de raios, de paus radiantes. Também o pintavam com um músculo masculino dentro.

Ela friccionava esse vulvo com o azeite de oliva que levava numa lata, depois com vaselinas, penteava seus pelos, sentia a comichão dos bichinhos sexuais que viviam em seu vulvo, bem dentro. E eram como pirilampos, belas baratas. Cada vez que copulava, aqueles insetos cooperavam, outorgando ainda mais ardor; davam uma corrida estranha, percorriam o músculo dele; nela, chegavam ao seio. Eram diminutos seres inventados, nascidos do céu. Pensou no da vaca, que tinha chamado outros, e não percebeu seu refinamento. Já o cão – para chamá-lo de algum modo – amou-a até a morte.

Pensou em restringir seu sexo, oprimiu-o, conteve-o. Repouse, dizia, logo será preciso seguir o fogo. De noite, passou um campônio. Ele a viu numa espécie de transe. Falou: — Vou ajudá-la, Pintada. Você é virgem?

Não soube o que responder. Respondeu, um momento depois, com sinceridade: — Não. E sim. Não sei. Não me dou conta. Eu me esqueci. Acho que é minha mãe que está com minha roupa.

— O que estou dizendo é se você está com... hímen, se tem o vaso fechado.

Não soube o que responder. Queria dizer a verdade e não sabia qual era a verdade.

— Eu tenho isso – murmurou ele, toscamente.

A noite era como um teto.

E a embalava.

No meio do evento, ela manou sua menstruação, o fluxo de cada mês. E ele se assustou e se regozijou. Disse em voz alta: Parece que é sangue. Até que enfim! Eu ia morrer sem desvirginar ninguém. Todos fizeram isso, menos eu. Até que enfim! Dói, pombinha? Quanto sangue cai de você! Como sangra, senhora, parece Jesus!

De novo, isso. Tocou com graça a coroa de espinhos, e disse ao passeante: — Levante-se, que vou bebê-lo. Eu, de joelhos.

Segurou-o, espremeu-o.

Ele deu um grito bárbaro. Isso nunca lhe acontecera. Deu um grito de glória, de orgulho. Uma virgem o escolhera.

Já ao alvorecer, ela apresentava uma expressão sombria, era a senhora de um bicho, era Deus.

Ele fez um gracejo, beijou-lhe os seios, vendo com espanto que estavam pintados e estavam entreabertos. Encostou o músculo, primeiro em um, depois no outro. Ficaram assim. Ele de pé, ela sentada sobre uma pedra. Ficaram como loucos.

Depois, ele ia embora, ela ascendia. Era um dia enevoado e ela brilhava lá em cima.

Ao ascender, Cúmulo Místico, via-se entre suas pernas a valva redonda e rodeada de pétalas, de coágulos, como uma dália de muitíssimas pétalas. Havia encontrado o caminho do céu.

Levitou. E desceu. Meteu-se numa caverna e comeu um cogumelo cru. Até que passasse sua menstruação, esse aleli a prazo quase fixo, o sangue misterioso, estranho, o único que não caía de um ferimento.

Sua mãe a procurava. Chamava-a ali por perto: Jesus! Jesus! Jesus! Chamava-a assim: Jesus!

Ela tremia. Ficou na expectativa. Terminou sua descida. Disse: — Vou me esconder. Vai querer me levar. Preciso subir.

Para isso era necessário sofrer. Ir a extremos. Delicada e firmemente, espetou seu útero para o caso de estar com filho. Depois, untou-o com azeite de oliva. Untou-o bem. Tinha febre. Pensou: Antes que esse azeite evapore vai passar algum... Estou ávida como nunca.

Um animal passou. Essa era uma região com muitos animais. Havia várias mulheres casadas com bichos. Era o que se dizia. Este, que veio para ela, olhou em seus olhos dentro da máscara. Mostrou o sexo vermelho, de um vermelho belíssimo, cor de coral. Ela ficou tentada de novo. Já se acostumara com carne de bicho. Era mais... extraordinária, e mais atrevida. O bicho ficou em cima dela. Tocava-a com os chifres, rondou seu ânus que se entreabria, oferecendo-se e perfumando, feito de escarlate e seda. Ele gozou ali. Deu uns gritinhos. Ela sentiu um pudor estranho. Chorava ascendendo ao céu. E bem alto. Quase no último degrau, pisou.

Mas olhou para ver se o animal estava morrendo. E não. Ele saiu. Sacudiu o lombo e foi embora. Corria como se o perseguissem. Latiu ao longe. Ela se enlaçava com Deus, desde as profundezas da vida. Estava com a coroa.

Sua mãe, ali por perto, cuidava dela, a seguia.

Muitos lhe perguntavam onde estava Jesus.

Na caverna, ela retocou a máscara e pôs mais óleo em sua gruta rosada. Lá de dentro saiu um bichinho mais gordo, com luz, com odor sexual. Pensou: Brilha. Estou me tornando um farol. Estou ilustrada. Sei tudo. Não me lembro de como comecei.

O mais importante era que isso não parasse. Ela se dava conta. E que não ficasse prenhe. Com crias nas costas. A corrida estava quase toda feita.

Notou uma gravidez de seio, pela primeira vez. Saíram criaturas dos mamilos, um machinho e uma fêmea. Ela esperou que morressem. E assim foi.

Disse: — Era certo. Não vou permitir que entrem por aí. Os seios apontavam, ocos, agora experientes, prontos para copular e conceber.

Pensou: Agora sou uma valva enorme, inteira, e me entrego a Deus, deem-me de beber.

De repente, encontrou Danilo. Ele a abraçou, disse-lhe ao ouvido — Chamam você de Jesus, querem vê-la, chamam-na aos gritos.

Ela respondeu: — Tenho usado azeite de oliva, levo numa jarra. Você vai ver que suave, que gostoso. Entre devagarinho. Estou com bichos... de amor. Dão coceira. Assim se consegue muito.

Depois, disse-lhe: — Venha para os peitos. Acabaram de parir. Voltarão a parir.

Sugou-o. Ele ficou atordoado. Olhou-a nos lábios. Era Deus.

Tocou-lhe o último anel, rosado e quente, com a ponta do dedo.

Ela explicou: — Um ser muito bom se casou aí. Teve muita sorte aí.

Danilo se situou. Ela disse: Mamãe ronda.

Apoiou as tetas no chão. Requebrou o traseiro. Quase se desprendeu. Ele disse: Estou com você à vista, capturada. Os dois gritaram. Ela ladrou, arrastou-se. Ele entreviu seu rosto que raspava o chão. Era a Divindade.

Disse para si: Bem, não me atrevo a abordá-la mais. Isso terminou. Está ascendida. Era seu destino. Por isso sofria, por isso era idiota, e o morcego a cortou. Oh, que olhos azul-celeste, que...

Caiu de novo em sua vasilha, fez-lhe cócegas, depois a fendeu. Disse: Está grávida de mim. Não vá matar, hein. Dessa vez, não mate. Fique assim. Meu filho está aqui. Verti todo o meu óleo. Sou macho, marido. Escute, fêmea. Eu a engravidei. Sei disso. Quero vê-la grávida, ter meu filho. Não se ajunte mais. É minha mulher. Ela corcoveou docemente, sentia o incômodo, o ovo. Um cheiro de zigoto crescendo. Ele se exibia, dizendo: — Levou um século. Fique assim prenhe. De mim. Era o que eu mais queria. Deixá-la assim.

Foi assim que ficou prenhe. Era uma manhã de luz. Não se atrevia a nada. Numa fumaça, voltavam seus partos de virgem, os enterros na bromélia. Dizia para si: estou dando leite. Isso sempre me aconteceu rápido. Mesmo quando eu engravidava sozinha. Agora estou do Danilo. Era previsível. No fim, eu me liguei a ele. Ele se ligou a mim. Sentia a imponência dessa ligação. Agora sim... Não sabia mais o que estava dizendo. Acrescentou: — Vi o hímen cair como uma cereja.

Mentia. Enganava-se.

Foi à casa da mãe e ali se encontraram; na verdade, encontraram-se no caminho. As duas tinham o porte e os modos distantes e refinados.

— Era meu destino. Estou prenhe. Finalmente aconteceu. Tenho o útero repleto. E é do Danilo. Aquele que brincava comigo aqui. Não posso matar esse, não. Danilo diz que não. Diz para eu permanecer prenhe. Que ele virá ver.

Dormiu na cama dos desvarios, apertando o ventre recheado pelo bebê, que já crescia como um marmelo.

Certa noite, acordou de repente. Tinha parido. Antes do tempo. Só uma cabeça. Chorou. Riu. Disse para a bromélia: — Estou de luto. Morte de um filho.

Era preciso cumprir a missão.

Alguns dias depois, recobrou o vigor, bebeu leite; sua mãe lhe trouxe um homem das redondezas que a convidou para ir apanhar cogumelos.

Ela pegou a cesta. Ele perguntou, já andando, se era verdade que ela havia sido objeto de vários.

E ouviu, aturdido, ela responder: Eu sou Jesus.

No bosque, se desnudaram. Ele, forte e pequeno; ela, alta, dentro da coroa dourada.

Ele perguntou: — Estou com Deus?

Ela fez um leve sim.

Abrindo o leve manto, mostrou a vulva, aquele pedaço de cetim com uma ferida.

Ele disse: — Aqui?

— Não há inconveniente.

— De pé?

— Sim, senhor, sim.

Ele esteve perplexo o tempo todo, mas, no fim, foi feliz um pouquinho, mesmo assustado. Ela voava lá em cima com os olhos azul-celeste.

Ele ajeitou seus seios sob o véu. Teve essa delicadeza. Beijou-lhe o meio da calcinha. Disse: — Vou embora com medo. Nunca mais verei nada igual.

Ela comentou: — Mamãe me chama. Vou lhe levar um cogumelo. Para cozinhar. Vamos ver.

E começou a caminhar com passos de Deus.

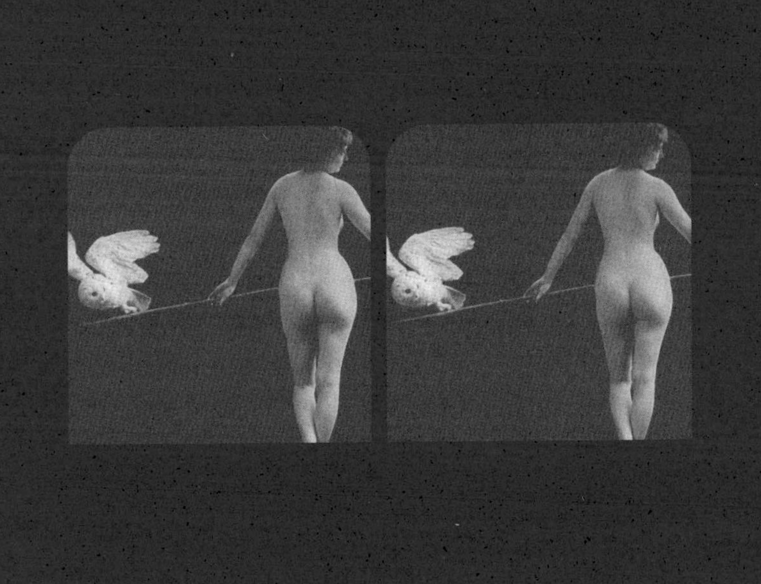

"O anseio da mariposa pela estrela": a erótica indomável de Marosa di Giorgio

ELIANE ROBERT MORAES

Publicado em 2003, um ano antes da morte da autora, *Rosa mística* integra o vigoroso conjunto de suas criações tardias. Nada a ver, diga-se logo, com a ideia de "palavra final" de uma obra, a recompor em definitivo um legado já conhecido, e menos ainda com o lugar-comum das "chaves de ouro" que fechariam uma trajetória literária, a insinuar a duvidosa glória da canonização. Atribuições como essas seriam, de fato, demasiado patéticas diante de uma escritora rebelde, irrequieta e insubmissa como foi Marosa di Giorgio.

Daí, por certo, o frescor que este livro exala, a sugerir mais afinidades com uma travessa obra de juventude do que com um coroamento previsível da maturidade. Daí que se possa, igualmente, reconhecer no volume alguns traços distintivos da produção inicial da escritora, já motivada pela emergência inquieta da criação de um universo próprio. Ou seja, não importa qual ponta de sua literatura seja visitada, e lá estão os seres insólitos por ela fabulados, ora na pele de monstros, anjos, demônios, sereias e demais criaturas híbridas, ora na forma de seus bichos de eleição como borboletas, ratos, cavalos, lebres ou vacas, ora identificáveis apenas como mães, avós, irmãs e outros membros de uma família que só à primeira vista aparenta ser tradicional. Seja como for, e sejam quais forem as criaturas improváveis a povoar os livros de sua criadora, todas elas remetem à criança que Marosa foi e que, de certa forma, ela nunca deixou de ser.

Nascida a 16 de junho de 1932 no Uruguai – mais exatamente em Salto, "uma cidade que fica perto da água e da lua", segundo sua própria nota biográfica ao livro *Magnolia*, de 1965 –, a escritora passou a infância nas propriedades rurais de sua família paterna, que constituíram um celeiro extraordinário de imagens para sua arte. Conta o biógrafo Leonardo Garet que esses primeiros anos de vida, determinantes para o imaginário marosiano, foram marcados pelo intenso contato com a natureza, gravando "para sempre em sua memória e sensibilidade os seres da mata, com seus ruídos mínimos, as plantas com suas cores e aromas, os ventos e as sombras, os reflexos da lua e o silêncio da noite"[1]. Essas impressões, notadamente

1 Leonardo Garet. *El milagro incesante. Vida y obra de Marosa Di Giorgio*. Montevidéu: Ediciones Aldebarán, 2006.

aquelas fixadas pelo convívio com os animais, as videiras e as garrafas de licores, terminaram por precipitar nela "uma dimensão particular, assim como seus parentes e seus medos, as bonecas e as figuras inapreensíveis que, fugazes, se lhe atravessavam pelo meio das árvores"[2].

Marosa guardou por toda a existência as camadas visíveis e invisíveis dessa vivência infantil no meio campestre, carregando-as consigo quando a família se mudou para Salto e ela percorreu as etapas fundamentais de sua formação, com o ingresso na escola ainda menina e, já na adolescência, a participação num grupo de teatro experimental. Daí em diante, tornou-se presença ativa e constante na vida cultural de sua cidade natal, onde inclusive veio a lançar o primeiro livro, em 1953.

O pequeno conjunto de prosas poéticas que somava 16 páginas de um volume sem capa e em papel jornal foi editado com o provocativo título de *Poemas*, quiçá inspirado em Isidore Ducasse, dito Conde de Lautréamont que, nascido no Uruguai em 1836, surpreendeu as letras francesas em 1870 ao lançar uma reunião de prosas intitulada *Poesias*. Tenha ou não a jovem escritora, nesse despertar de sua atividade literária, se inspirado no criador dos notáveis *Cantos de Maldoror*, o certo é que ele realmente pode ser considerado um estranho anjo inspirador

2 Leonardo Garet, op. cit.

da sua escrita: são patentes as afinidades entre ambos, entre as quais o tom fortemente onírico e a apaixonada devoção pelas fantasmagorias da infância.

Tome-se, a título de exemplo, uma passagem do livro inaugural da autora, no qual uma menina amedrontada a percorrer um bosque noturno, ao mesmo tempo encantado e sombrio, descreve seu insólito encontro com um homem adormecido:

> O fogo exalava um suave perfume amargo. Teria queimado o cipreste. O fogo era um cesto de borboletas. Peguei num pau e tirei uma borboleta colorida. Pu-la em cima do homem. E depois, outra borboleta colorida. As borboletas rodopiaram e proliferaram. Ele soltou um grito, longo, uivante, negro. E o grito encheu-se-lhe de borboletas. E até a alma se lhe encheu de borboletas. Eu ri. E afastei-me a rir e rematei no bosque uma longa gargalhada. Procurei a lua por entre as árvores; mas não estava lá. Veio um vento leve, claro. E as magnólias chegaram a tempo de disparar as suas balas brancas. Vibravam os ciprestes.[3]

A paisagem é definitivamente feérica. Os sentidos estão todos acordados, justapondo perfumes, cores, gritos,

3 Marosa di Giorgio. *Passagens de um memorial*. Trad. de Miguel Filipe Mochila. Guimarães: Cutelo, 2022. Prólogo de Leonardo Garet.

risos, calores e vibrações em franca sinestesia. O fogo que queima no interior da mata, cuja forma brilhante sugere um cesto formado por borboletas em voo, não só desperta essas criaturas para a realidade, como preenche toda a realidade com suas cores e rodopios, os quais se estendem a outros seres e coisas ali presentes. Estes por sua vez se misturam e mal se distinguem uns dos outros, de modo que um corpo humano ali adormecido, ou prestes a acordar, também se integra por completo na paisagem a ponto de contaminar até mesmo a própria alma que, inesperadamente, "se enche de borboletas". Deslocamentos e condensações oníricas se somam a uma linguagem seca e referencial que opera para conferir existência concreta à fantasia, por mais fantástica que seja.

Nesse universo comandado por um princípio de mutação, o sonho parece fundir-se à vigília, o dia à noite, o ser humano aos bichos. As formas perdem sua estabilidade para instaurar uma atmosfera de indeterminação e de incerteza que evoca um tempo primeiro, quando o mundo ainda não conhecia estados definitivos e todos os seus elementos se encontravam em constante transição. A cena descrita no primeiro fragmento de *Poemas* parece atualizar essa era primordial em que as leis, biológicas e sociais, ainda não pesavam sobre a vida, supondo uma total indiferença entre objetos e criaturas, tal como se encontra também no início de um dos *Cantos* de Lautréamont: "É um homem ou uma pedra ou uma árvore que vai começar o quarto canto"[4]. Nesse sentido, a afirmação da metamorfose que está na base da sensibilidade marosiana reitera ainda mais a aproximação com Ducasse, cujo herói conclama:

> A metamorfose nunca surgiu aos meus olhos senão como a alta e magnífica retumbância de uma felicidade perfeita que eu há muito esperava. Esta surgiu, finalmente, no dia em que eu fui um porco! Afiava os dentes na casca das árvores e contemplava com delícia o meu focinho.[5]

Em que pesem tais convergências, é nesse ponto em que se vislumbra a maior afinidade com seu ilustre conterrâneo oitocentista que a literatura de Marosa vai demarcar um diferencial decisivo, para realçar aquele que talvez seja o traço mais singular de sua imaginação. Destaque-se, então, que a citada passagem de *Poemas*, a exemplo de outras do mesmo título, descreve de fato uma suntuosa cópula da natureza.

A dimensão lunar da cena fala por si, a iluminar um eu poético feminino que explora sensualmente a paisagem. Presidido pelo fogo, seu encontro com um corpo

4 Conde de Lautréamont. *Œuvres poétiques complètes*. Paris: Robert Laffont, 1980. [TRADUÇÃO DA AUTORA.]
5 Ibid.

masculino em estado de torpor se faz por meio de toques, risos e rodopios abundantes, até o instante em que se ouve um grito – "longo, uivante e negro" –, arrematado pelo poder seminal do vento, que fecunda o ar com as balas brancas ofertadas pelas flores. O fato de que esse traço erótico se faça ler de forma oblíqua nesse momento inicial de sua escrita em nada diminui, contudo, a importância que o sexo assume na sua ficção. Pelo contrário, o trecho alusivo já dá notícia suficiente de que a obra marosiana é, do início ao fim, motivada por impulsos libidinosos.

Meio século separa a jovem escritora estreante que lança seus *Poemas* em 1953 da mulher madura e cosmopolita que publica *Rosa mística* em 2003, transportando até seus últimos dias uma bagagem infantil carregada de sugestões mágicas e místicas. Na passagem de uma a outra, nada, ou quase nada, muda com relação ao clima feérico que preside seus insólitos contos de fada. A não ser pela evidência de que, com o passar do tempo, esse universo encantado da infância será cada vez mais atravessado por devaneios decididamente lúbricos.

*

Na qualidade de produção tardia, *Rosa mística* apresenta, de forma exemplar, a erótica de Di Giorgio. O livro é composto por duas partes: a primeira, "Lumínile" – que em romeno significa luminosidade: luz do dia ou das estrelas à noite – contém quarenta histórias breves, e a segunda, que dá nome ao volume, abarca a mais extensa de suas narrativas. Não há qualquer discrepância entre uma e outra, pois todos os acontecimentos narrados transcorrem no mesmo universo insólito, profundo e enigmático – e com a mesma violência poética que conjuga um lirismo espantoso, um inesperado realismo nas descrições sexuais e ainda um estranhíssimo humor obsceno que, combinados com rigor, só fazem desnortear o ato da leitura.

Essas marcas já se manifestam no texto que abre o livro, uma espécie de fábula às avessas como os demais, cujo clima de encantamento caminha em paralelo ao progresso de uma degradação cada vez mais intensa. Entende-se por que a história se inicia com o anúncio de um "caminho se bifurcava, e logo se bifurcava outra vez de um modo bastante complicado", sem a menor deixa sobre a resolução dos paradoxos que jazem em seu horizonte. Nesse labirinto, mãe e filha encontram sua "casacaverna", com um vão de janela que dá acesso a outro tempo, quase idêntico ao que é vivido por elas, mas com uma diferença: "era uma cena viva, nós nos víamos vivendo". Tudo se bifurca nesse mundo ignoto compartilhado pelas duas mulheres e coberto por "uma espécie de cetim, uma pátina" (p. 11) que faz qualquer coisa desaparecer e reaparecer num passe de mágica.

A clausura feérica, porém, se quebra com o aparecimento de Furão, "o Grande Rato Dourado" que surge para consumar as bodas com a jovem mulher, a qual declara só aceitá-lo como marido pela escassez de machos nos arredores. Antes mesmo do casamento ele decide "experimentá-la", num transe carnal que a noiva registra em tom direto, sem encobrir as múltiplas ambiguidades:

> Fincou-me um dente como se fosse me devorar; depois, outras partes de seu ser me transpassaram. Resolvi não gritar. Seu empenho era tal que meus mamilos cresciam como formidáveis pérolas.
>
> Ele expressou, soltando-me: — Bem, senhora, isso é muito bom. (Mas seu focinho vasculhou, um pouco mais, todos os meus ninhais.)
>
> Corri ao redor da casa, agora sim aos gritos. Meu clamor não parecia se ouvir, como num sonho.
>
> O Furão voltou e lambeu meu sangue. Fez um bico com a língua e, de novo, causou-me dor sexual e prazer sexual. (pp. 12-13)

Três dias depois os nubentes se casam e, como nada ali se oferece na claridade prometida pelo luminoso título do conjunto, tudo permanece numa rotina obscura e tediosa que perdura no conto inteiro: "naquele lugar não havia sol nem lua, pois alguma montanha os ocultava. Vivíamos na penumbra" (p. 13). Note-se, portanto, que a narrativa é toda conduzida num tom ambivalente, por vezes até mesmo francamente contraditório: se, de um lado, o casamento segue as convenções de uma união tradicional (a mãe cozinha, a jovem esposa pare duas vezes, o marido "ficava fuçando"...), de outro, causa contínua surpresa o fato de que se trata de um casal formado por uma humana e um rato, com "estranhas crias que dormiam, uma em cima da outra" (p. 13).

Assim apresentada, a adesão marosiana ao bicho difere em essência das fabulações animalizadas de um La Fontaine. Nas finas fábulas do escritor seiscentista, o animal figura como um suporte metafórico que traduz a diversidade de comportamentos humanos; não lhe interessam a fisiologia ou a psicologia bestiais, mas tão somente as formas que servem de símbolos das paixões humanas. Na autora de *Rosa mística*, ao inverso, a consciência da animalidade provém da intenção de ultrapassar os psiquismos humanos para tomar posse das capacidades animais nas suas funções mais diretas, que se manifestam tanto na delicadeza das borboletas como na agressividade das ratazanas. Escusado dizer que esta última vertente, mais cruel, prevalece em suas narrativas eróticas, talvez menos para acentuar a crueldade atávica dos bichos do que para remeter ao passado bestial do gênero humano que a vida sexual não cessa de fazer recordar.

Concorre para adensar essa tessitura obscura a narração em primeira pessoa, que de certo modo avaliza o depoimento da moça. Daí a dificuldade de reconhecer algum tom de denúncia no relato, o que por certo é possível mas corre o risco de decepcionar quem se abandona à leitura e descobre que, segundo a narradora, seus mamilos se tornam "formidáveis pérolas" quando expostos à violência do marido roedor, cujo assédio constante também lhe proporciona ao mesmo tempo "dor e prazer sexual". Acrescente-se a isso sua obstinação em se manter, ao longo de todo o texto, no plano da maior objetividade. Tudo é narrado de forma direta, com uma clareza que raramente cede a enunciados esquivos. Nada há, no desenvolvimento da história, que desvie a leitura dos propósitos centrais da trama: o relato é seco e despojado, evitando rodeios expressivos, subterfúgios psicológicos, ou evasivas de qualquer outra ordem.

O realismo da narração contrasta, porém, com a irrealidade das cenas narradas, já que seus protagonistas vivem num universo à parte, onde tudo – ou quase tudo – é mediado por uma recusa da lógica da contradição para dar lugar às ambivalências próprias das situações oníricas, notadamente das fantasias sexuais. A exemplo das narrativas, que condensam princípios antagônicos, o imaginário também se constrói pela reunião vertiginosa de materiais díspares, sem deixar qualquer promessa de conciliação no horizonte. Na ficção de Marosa di Giorgio, a contradição é sempre produtiva – e não cessa um só minuto de trabalhar.

*

Não muito diferente dessa configuração é a história mais longa do volume, que a ele empresta seu título. Narrado em terceira pessoa, o conto retoma os jogos perigosos das fábulas iniciais, também girando em torno das mais insólitas reverberações do sexo. Mas estas só fazem radicalizar no decorrer das páginas de "Rosa mística", de modo que a escalada da violência caminha em paralelo à alta voltagem do absurdo. Soberanas, as metamorfoses operam com tal velocidade na segunda parte do livro que obriga a leitura a se manter continuamente à sua deriva, como prova o trecho que descreve mais um "estranho marido" ao consumar o casamento como quem trava uma luta:

> Beijou-lhe a boca, os dentes, a língua. Por fim, possuiu-a ali. Naquela boca fina, de muitas cores, de fantasia.
>
> Depois correu para fora; já longe, deu um grito, virou lobo, cão, gato, macaco, louco, morto. Dizia aos gritos, mas com medo: Eu me apossei dela. Possuí-a pela boca, por onde come e respira. Que mais? Lembrava-se do buraco, que parecia uma vagina cheia de dentes, de espinhos. Ah, gritava. Ah! Agora sim, eu a venci. Um ano olhando para sua fantasia. Quem é ela? Agora sim eu abusei dela. Afundei-a. Que boca que ela tem! Profunda como uma sonda, como...
>
> Chegava o alvorecer de um outro dia. No meio de um campo estranho, Danilo parou de chofre e se recompôs.
>
> Guardou o sexo que deixara para fora desde a luta sombria e quase inútil naquele quarto. Ou teria sonhado? Ou teria se casado com um manequim? (pp. 95-96)

Talvez não seja preciso avançar para além desses breves parágrafos para se perceber a que ponto chega Marosa na sua prosa nervosa, irrequieta e taciturna que, a rigor, parece não chegar a lugar algum. Engano, porém. O que ela esboça com esse sinuoso labirinto verbal cheio de lacunas, além das incontáveis entradas e saídas que se assemelham a armadilhas, é o impossível caminho que visa a unir o domínio mais baixo da experiência humana ao mais alto, em vias de tocar o inumano. Recorde-se que sua protagonista – uma mulher anêmica, quase privada de inteligência ou memória – alterna avidamente as exigências sexuais com contínuas transformações metafísicas, numa escalada rumo ao patamar sagrado que se faz pela aliança entre o coito e a ascensão mística.

Nessa viagem marcada por sinais de gnosticismo e de fervor espiritual, o corpo é erotizado por completo até perfazer um círculo ininterrupto que vai das premilinares lúbricas à cópula, da fertilização à gestação e desta aos partos ou até aos abortos, abrindo um leque de possibilidades cada vez mais amplas e temíveis. Daí para a frente o que vigora é o imperativo fantástico que passa por mulheres que se autofecundam, ou põem ovos, ou plantam queijos, ou voam como insetos, sempre em metamorfoses delirantes cuja impossibilidade se impõe como *phátos* da transcendência. Por tal razão, Leonardo Garet afirma que a segunda parte de *Rosa mística* representa o culminar do tratamento do erótico numa divinização do ser e das suas entidades por meio da matéria sexual. Suas cerimônias de iniciação buscam, assim como em outros textos, a orgia e o acoplamento com seres e formas de diversas ordens mas com um processo final de conhecimento ontológico.[6]

É precisamente o que se acompanha na leitura dos parágrafos abaixo:

Um animal passou. Essa era uma região com muitos animais. Havia várias mulheres casadas com bichos. Era o que se dizia. Este, que veio para ela, olhou em seus olhos dentro da máscara. Mostrou o sexo vermelho, de um vermelho belíssimo, cor de coral. Ela ficou tentada de novo. Já se acostumara com carne de bicho. Era mais... extraordinária, e mais atrevida. O bicho ficou em cima dela. Tocava-a com os chifres, rondou seu ânus que se entreabria, oferecendo-se e perfumando, feito de escarlate e seda. Ele gozou ali. Deu uns gritinhos. Ela sentiu um pudor estranho. Chorava ascendendo ao céu. E bem alto. Quase no último degrau, pisou.

Mas olhou para ver se o animal estava morrendo. E não. Ele saiu. Sacudiu o lombo e foi embora. Corria como se o

6 Leonardo Garet, op. cit.

perseguissem. Latiu ao longe. Ela se enlaçava com Deus, desde as profundezas da vida. (p. 136)

Observe-se nessa sequência que o animal, por vezes chamado simplesmente de bicho, é nomeado de modo genérico, sem ao menos se particularizar por uma forma específica; quando muito o narrador alude ao seu sexo vermelho – aliás, "belíssimo" –, aos chifres e ao latido. De certa maneira, ele surge aí para assumir uma função de intermediário, ficando reduzido a um meio que possibilita a realização de um desígnio maior, o qual transcende em muito sua "carne de bicho" – a saber, sua condição bestial. Quanto à mulher, fica patente sua condição distinta pois ela ascende a um plano superior, em que copula até mesmo com Deus, pois com ele se enlaçava, "desde as profundezas da vida". Para além de uma cópula com a natureza, portanto, o que se testemunha nesse conto é o despertar de um erotismo cósmico, em que as duas pontas do sublime se encontram para dar lugar a um evento que as ultrapassa.

A objetividade da expressão formal do conto, confirmada pela narrativa seca e por vezes austera, contrasta aqui também com o caráter insólito e excessivo das fantasias que vão sendo relatadas uma a uma, a engendrar uma curiosa dialética entre continente e conteúdo. À palavra, prosaica e racional, se contrapõe a substância sobrenatural, cuja violência imagética coloca em risco qualquer noção de lucidez. Entende-se por que boa parte dos estudiosos interpreta a ficção de Marosa di Giorgio como a mais refinada realização do gênero sombrio e maravilhoso da literatura sul-americana ou, se quisermos empregar a engenhosa expressão de Torres García, como uma das mais excepcionais vozes do vigoroso "Sulrealismo" levado a termo no continente.

Não é por outra razão que se pode reconhecer na autora de *Rosa mística* o germe do esplendor fantástico que habita o gênio de Isidore Ducasse, ambos motivados pelo mesmo desejo intenso de criar uma realidade de palavras tecida com a matéria do delírio, da alucinação e do sonho. Não é por outra razão, igualmente, que cabem a ela as palavras de outro grande mestre do fantástico, quando ele interroga um instinto de certa forma incontrolável que os criadores guardam dentro de si, sendo ainda mais potente do que a própria busca da beleza. Diz Edgar Allan Poe[7]:

> Temos ainda uma sede insaciável para aplacar, a qual [ninguém] nos mostrou as fontes cristalinas. Esta sede pertence à imortalidade do Homem. [...] É o anseio da mariposa pela estrela. Não é uma mera apreciação da Beleza, que está diante de nós, mas um violento esforço, para

7 Edgar Allan Poe. *Poemas e ensaios*. Trad. de Oscar Mendes & Milton Amato. São Paulo: Globo, 1999.

ultrapassar a Beleza. Inspirados por uma extasiante paciência das glórias de além-túmulo, lutamos, por meio de multiformes combinações, entre as coisas e pensamentos do Tempo, para atingir uma porção daquela Beleza, cujos verdadeiros elementos só à eternidade pertencem.

Foi esse "violento esforço para ultrapassar a Beleza" que presidiu a escrita marosiana desde a infância da autora, quando sua obra realmente começou a ser gestada. E foi, por certo, essa eternidade que sua indomável imaginação erótica perseguiu pela vida toda, tal qual uma mariposa que alça altos voos no anseio de alcançar as estrelas.

Eliane Robert Moraes é crítica literária, professora de literatura na Universidade de São Paulo (USP) e pesquisadora do CNPq. Publicou diversos ensaios sobre o imaginário erótico na literatura, como *Lições de Sade* (2011) e *O corpo impossível* (2012), e organizou a *Antologia da poesia erótica brasileira* (2015), a *Seleta erótica de Mário de Andrade* (2022) e as coletâneas do conto erótico brasileiro *O corpo descoberto* (2018) e *O corpo desvelado* (2022).

Todas as flores para Marosa

GABRIELA AGUERRE

Uma mulher sentada sozinha em um café pode ser vista de muitas maneiras – poucas delas será a imagem de uma escritora que, quase duas décadas depois de sua morte, viria a se consolidar como uma referência importante da literatura uruguaia contemporânea, alguém que ofereceu um passe de liberdade criativa às autoras que viriam depois e deu um susto furta-cor nos escritores mais acinzentados, definidores da tonalidade de tantos livros que circulam pelo mundo a partir desse pequeno país.

Minúscula porção de quem a visse ali, sentada sozinha pelas manhãs, acompanhada à tarde, hora em que a xícara de café se transformava em copo de uísque ou taça de vinho, poderia enxergá-la como ela mesma se via, uma sorte de mariposa que sobrevoava entre Montevidéu e Salto, sua cidade natal, e desses sobrevoos deixava decantar cenas, imagens, relatos da ordem do demasiadamente humano e também do sobrenatural, em uma relação imbricada e original, que torna únicos sua voz e seu olhar.

Mas o que faz, agora, essa mulher sozinha sentada no café? Se está escrevendo, o que escreve? E será que isso desperta o interesse de quem agora olha para ela?

Eu, que estou no futuro dessa cena hoje tão prosaica, posso dizer que ela é Marosa, que a partir dos seus quarenta e poucos anos adotou alguns cafés de Montevidéu como salas de sua casa, depois de ter escolhido a capital do Uruguai como morada, no entanto sem esquecer sua querida Salto, cidade ao norte, fronteira com a Argentina – onde, aliás, é até hoje cultuada como musa surrealista.

Marosa não gostava de dizer seu ano de nascimento. Escreveu no prólogo de um dos seus poemários sobre a própria história: "Vim à luz neste florido e espelhante Salto de Uruguai, faz um século, ou ontem mesmo, ou mesmo agora, porque a cada instante estou nascendo. Era lá por junho, um domingo, na metade do dia". Inventou o próprio nome: nasceu María Rosa di Giorgio Médici, filha de imigrantes italianos. Fez-se Marosa.

Escreveu muito e publicou febrilmente desde 1954, por editoras variadas tanto aqui no Uruguai como na outra margem do rio, em reedições que acoplavam produções posteriores, com revisões eventuais, novos textos, como uma fonte incessante ao longo de 50 anos, e que foi reconhecida entre poetas, críticos e admiradores.

Deu conformação leve aos relatos mais sombrios e, num movimento inverso, encontrou as palavras e as pausas certas para tornar horripilantes algumas cenas que naturalizamos como de amor, desejo e ternura, como quem se debruça sobre os mesmos fatos – esses, do sexo, do casamento, da solidão, do medo –, vestindo-os com roupagens diferentes, escolhidas a dedo nos campos e florestas, na família e na rua, nos mitos e sonhos, entre as pastagens, embaixo das águas, voando no céu, perto da Lua. Como nestes relatos reunidos em "Lumínile" e o conto "Rosa mística", que chegam ao português pelas mãos de Josely Vianna Baptista.

Nesses textos, atrevimento e sensualidade brotam a partir de elementos da natureza acoplados à epiderme humana, donde é natural que pênis saltem dos figos, mamilos abram as boquinhas como uvas ou um hibisco tenha braços e pés prontos para a cópula; ou das metáforas mais incisivas, como um hímen mastigado, comido, sempre às voltas de ser costurado ou colado, ou um corpo que não para de parir, por todas as partes. O estranho familiar se manifesta a cada linha, sobretudo no conto que nomeia o livro, em que A Aurora (não qualquer aurora) não consegue deixar de engravidar, parir e abortar, em um contínuo maligno que a torna sagrada, absoluta.

Ainda assim, na primeira vez que Marosa foi pinçada por um crítico literário em uma coletânea de textos, foi encaixada na categoria dos "esquisitos". Essa mulher no café é uma mulher esquisita. Olhem como ela se veste. Olhem a cor do cabelo dela. Olhem o que ela está fazendo.

Pois não é de se estranhar que até hoje encontremos adjetivos ligados ao esquisito acompanhando a figura de Marosa nas menções a sua obra e a sua pessoa, mesmo póstumas. Que se refiram ao tipo de roupas que usava. A como apresentava os cabelos. Se usava salto alto. Se a cintura era fina. Se os seios ficavam marcados ou soltos sob a blusa. Ela será chamada de "solitária excêntrica", "personagem peculiar", "incógnita sedutora", "potência erótica inflamável", "ser de outro planeta", "uma senhora estranha" que chegou até a ser apontada como "a primeira dândi uruguaia". Uma escritora *rara*.

A palavra *rara* aqui não responde pelo sentido que lhe dá seu falso cognato em português, de infrequente e, por isso, especial. *Raro* por esses pagos é esquisito, mesmo. Estranho, deslocado – ou, como aponta a Real Academia Espanhola, que ainda tenta reger, como sugere o próprio nome, a norma culta da língua uruguaia, *raro* é adjetivo para aquele que se comporta de um modo inabitual, extravagante de gênio ou comportamento.

Interessante é observar então o aparecimento do termo "*raro*" aplicado à literatura nesse pequeno país. Foi em 1966, quando o crítico uruguaio Ángel Rama (1926-1983) – que figura no Brasil através da amizade epistolar com Antonio Candido (1918-2017) – publica o ensaio *Aquí. Cien años de raros*, em que enxerga uma "linha secreta dentro da literatura uruguaia" sob essa noção do estranho, do esquisito. "Esporádica, alheia, indecisa em seus inícios, progressivamente emerge à luz, compactua com os leitores que antes desdenhara, e nos últimos 25 anos incorpora autores, estilos, buscas artísticas originais, até formar uma única escola, uma tendência - minoritária - da literatura nacional."[1]

Rama encontra uma origem para essa tradição: *Os cantos de Maldoror*, a obra clássica que então fazia cem anos, escrita pelo franco-uruguaio Isidore Ducasse, o mais *raro* de todos, conhecido sob o pseudônimo de Conde de Lautréamont. Nesse conjunto, que em geral "utiliza elementos do fantástico, no afã de explorar o mundo"[2], Marosa é incluída. Felisberto Hernández (1902-1964), outra joia montevideana esquisita, que encantou o oulipense Italo Calvino e o cronópio Julio Cortázar, também aparece nessa apresentação de Rama.

O primeiro livro que li de Marosa di Giorgio chegou a minhas mãos graças à recomendação da minha amiga cineasta e documentarista Mariana Viñoles, leitora amadora como eu, mas para quem a literatura também é da ordem do vital. Estávamos no bairro do Cordón, em uma livraria, sempre nosso ponto de encontro, observando os

1 Ángel Rama et al. *Aquí. Cien años de raros*. Montevidéu: Arca, 1966.
2 Ibid.

livros expostos na mesa central, naquele dia tomada por escritoras. Mariana me mostrou uma edição de *Los papeles salvajes*, coletânea poética que hoje conservo comigo e, como ela também aconselhou, leio de forma oracular, permitindo que um fragmento sobressaia, folheando o livro e deixando os olhos repousarem ao acaso. E percebo, nessa leitura sem ordem nem tempo, um certo caleidoscópio marosiano, como um relato poético que, mesmo variando de objeto ou forma, vai nos contando quase sempre uma mesma coisa, uma visão sui generis do mundo.

Percebo, nessas investigações tardias, como ignorei a presença tão forte de escritoras do meu próprio país.

Desde pequena, quando meus pais se esforçavam em nos trazer a cultura uruguaia para dentro de nossa casa brasileira, as minhas referências literárias vinham basicamente de três autores: Mario Benedetti (1920-2009), Juan Carlos Onetti (1909-1994) e Eduardo Galeano (1940-2015). Eu devorava essas páginas; continham angústias que passaram a ser as minhas.

Galeano podia até mostrar janelas mais coloridas, muito embora sua visão política sobre um mundo adoecido tenha feito parte de minha formação, essas veias abertas impossíveis de cerrar. Benedetti, quiçá um dos mais prolíficos escritores ao sul do Sul, me trouxe uma candura: ainda hoje o imagino relembrando sua Montevidéu, inventando amores de escritório ou duelos mortais entre filho e pai diante de um país que desmoronava sob a ditadura. Onetti, mais velho que os outros dois, talvez tenha me levado a paisagens mais escuras, com suas formas de dar a cidades inventadas as mesmas vestes da capital uruguaia, a mesma atmosfera, isso que depois fui entendendo como melancolia.

Tanto Onetti quanto Benedetti fizeram parte da denominada Geração de 45, um grupo de artistas e intelectuais que produziu fortemente entre os anos 1940 e 1960, caracterizando um dos períodos mais fecundos da literatura uruguaia e impondo um giro a tudo o que tinha sido feito até então. O centro das atenções se deslocava para a cidade, desmistificando a ideia de que se vivia em uma "Suíça das Américas", como se dizia do Uruguai nos começos do século XX. Galeano era muito jovem para se enquadrar nessa mesma geração, mas nesse período já atuava como um jornalista inquieto, que se aproximava com ousadia dos mais velhos, participando de algumas mesmas publicações, como o célebre semanário *Marcha*.

Montevidéu ia virando o centro de uma mítica outrora situada no campo, nos horizontes largos, no olhar perdido. O olhar perdido agora vinha da capital, os personagens olhando para as lajotas quebradas da calçada mesmo quando no céu despontava a primavera. Pessimismo e criticismo foram se desenhando como um estado de alma. Sobretudo vistos desde o exílio, experiência constitutiva dessa literatura que hoje considero formadora de minha sensibilidade.

Esse novo olhar crítico era também pungente na poesia, território ocupado com brilho por escritoras como Idea Vilariño e Amanda Berenguer, que eu mesma vim a ler muito mais tarde.

Mas outros autores que escreviam em espanhol já entravam na minha casa sem pedir licença. Como testemunha do meu próprio tempo, foi natural entrar em contato com García Márquez, Vargas Llosa e Cortázar, três representantes do que se chamou boom da literatura latino-americana, que entre os anos 1960 e 1970 encheu as prateleiras e tertúlias e universidades jogando luz sobre outras realidades possíveis, e as impossíveis também.

Isso já estava dado. Todo o resto estava sendo descoberto.

Olho agora para essa mulher do café reconhecendo que o que ela fazia ali era importante. Que o país que conheci através das lentes de escritores homens teve Marosa e tantas outras autoras magníficas. Aproveito a sorte de estar agora na mesma cidade em que ela viveu – primeiro em hotéis, com a mãe, a quem dedicou um de seus livros, o *Diamelas a Clementina Médici* (2000), depois com a irmã, Nidia, escritora também e responsável por sua obra –, e vou atrás dos seus cafés favoritos.

Eu mesma me lembro com carinho das vezes que encontrei Galeano no Café Brasilero, hoje um ponto turístico da Ciudad Vieja. Em uma delas fomos caminhando até a Plaza Matriz, mal estendemos o braço e um táxi apareceu, parou e abriu a porta. "Às vezes é preciso admitir o milagre", ele me disse, despedindo-se. Mas nem precisa ser milagre: lembro de encontrar sem querer Benedetti almoçando a poucas mesas, no Las Delicias. Eu tinha ido com meu tio querido, passei raspando na mesa dele, não me atrevi a cumprimentar, respeitando os olhos concentrados no prato.

E Marosa, onde estava?

As artimanhas da memória não me deixam distinguir se é uma lembrança de fato ou uma cena implantada pelo relato de um primo meu. Ele me perguntou se eu me lembrava daquela mulher de roupas e cabelos coloridos que passava o dia em um bar no térreo do prédio em que morava nossa avó. Do bar eu me lembro, chamava-se La Martingala, como esquecer das janelas de vidro que mostravam pratos comuns ao meio-dia, bife à milanesa com fritas, sanduíches imensos com filés gordos, aquela esquina demorando para ser virada porque logo ali estava o grande portão que levava ao universo da casa da avó.

Eu respondi que não, não me lembrava. E imediatamente passei a me lembrar, como se conseguisse ver a figura de Marosa ali naquele bar de esquina, atravessando o nada com o olhar, repousando os olhos em um caderninho anotado com alguma ferocidade.

Na verdade esse bar, café, restaurante – e em "uruguaio" a palavra *boliche* resume tudo isso – foi apenas um dos que Marosa frequentou, sempre à guisa de espaço para o cotidiano: ver gente, conversar com gente, recolher-se em pensamentos, escrever. Um escritório poético. La Martingala, hoje, está todo coberto por tapumes e cartazes colados e rasgados uns sobre os outros. Sigo em frente, até o Sorocabana, sem dúvida o preferido de Marosa.

Vale lembrar que até os anos 1960 os cafés eram espaços masculinos. Para as mulheres, o ambiente recomendado eram as *confiterías*. Mas o Sorocabana foi diferente, especialmente sua unidade central, na Plaza Cagancha, em plena 18 de Julio. Uma hipótese é que não servia álcool nem havia jogos. Nos anos 1940, alunas do pintor Joaquín Torres García saíam do ateliê que ficava perto, no antigo Ateneo, para seguir a conversa no imenso salão, ao redor das mesas redondas com tampos de mármore, e pedir apenas um café. Naqueles tempos, a poeta Idea Vilariño podia ser vista por ali *solita*, sem ser incomodada. Décadas depois, Marosa seguiu o costume. Sua predileção pelo Sorocabana está presente em todas as suas biografias – mas o café não existe mais desde 1998. No lugar, uma sorveteria e uma papelaria.

Sigo ao Mincho, ali perto, na rua Yi, ainda nos arredores de onde viveu Marosa, tudo pertinho; no lugar uma loja de eletrônicos. Reconheci pelos adornos de ferro das janelas – se então funcionavam como camarotes para a vida, agora eram vitrines entulhadas de badulaques. Não tive coragem de entrar e testemunhar a ausência: do salão estreito, do balcão de madeira e mármore onde algumas vezes apoiei meus cotovelos acompanhada pelo meu pai, grande apoiador de cotovelos.

Continuo olhando para aquela mulher sentada no café, ela segue me olhando de volta.

Imaginemos que ela tivesse acabado de ter uma ideia para um de seus relatos eróticos que compõem este livro. Que em algum pedaço de papel tenha transcrito um sonho, sonhado ou imaginado, em que a menina Aurelia experimenta a descoberta do sexo com um carneiro, dentro de um outro sonho que ela sonhava. E que assim como as camadas que atravessam o real e o onírico, Aurelia se despe de suas peças: a vestimenta, as faixas, as pregas, a última anágua. E sob as roupas seu sexo fazia "tique-taque". E que o carneiro ali esfregava a cabeça no chão e punha para fora uma língua comprida.

Olhem para a mulher do café, vejam como ela sobressai, que é uma forma mais interessante de olhar para quem se diferencia.

No Uruguai Marosa já era reconhecida, mas na Argentina foi um furacão, que teve origem num boca a boca do fim dos anos 1980, quando o livro *Clavel y tenebrario* (1979) começou a se espalhar em cópias de xerox. A convite do

Centro Cultural Ricardo Rojas, da Universidade de Buenos Aires, Marosa estendeu sua prática de fazer recitais poéticos, que tinha iniciado jovenzinha em Salto, onde também se dedicou ao teatro, depois em Montevidéu (o primeiro foi ao lado de sua amiga Amanda Berenguer, no Ateneo, ali perto do Sorocabana, em 1982).

Nessas leituras, Marosa recitava seus textos sempre de cor, descalça, em geral sobre pétalas de rosa, com alguma outra flor na mão. Beatriz Sarlo, uma das intelectuais mais respeitadas da Argentina, refere-se a Marosa nessas performances como "quase um mito". E foi por uma editora argentina, a Adriana Hidalgo, que se publicou em 2000, e depois em 2008, a versão mais atualizada de suas obras quase completas, *Los papeles salvajes*, que já tinha recebido três edições uruguaias. *Rosa mística*, no entanto, fez parte dos relatos eróticos reeditados em 2021 no Uruguai pela editora HUM, assim como *Misales* (1993) e *Camino de las Pedrerías* (1997).

A mulher sozinha no café sabe a cor, o cheiro e o nome de cada flor do campo, mapeia subjetividades e cenários talvez de um único evento essencial, possivelmente ligado a um ato de violência que se nomeou como de amor, e pelo qual houve um tipo de desejo, não sem culpa, mas talvez sem culpa. Certa vez ela foi entrevistada por um jornal uruguaio, a poucos meses do fim do último milênio.

Queriam saber o que ela faria se fosse presidente do país. Sobre promessas de campanha, Marosa respondeu que uma delas seria atribuir uma *mariposa* (borboleta) como guarda pessoal a cada cidadão – "mas às mulheres, que sempre precisam de mais cuidado, outorgaria várias". Vetaria as bebidas sem álcool, legalizaria o tango na rua a qualquer hora. Seu privilégio presidencial: "Sair do café da rua Yi estendendo minhas asas, uma preta, outra prateada, e revolutear um pouco sobre a cidade. E voltar ao café, dobrando a asa e retocando cabelo e lábios".

Montevidéu, 2023.

Gabriela Aguerre é uruguaia, jornalista e professora de escrita criativa. Em 2019 publicou seu primeiro romance, *O quarto branco*. O livro foi finalista do Prêmio Jabuti na categoria Romance Literário e do Prêmio São Paulo de Literatura na categoria Romance de Ficção de Estreia, ambos em 2020.

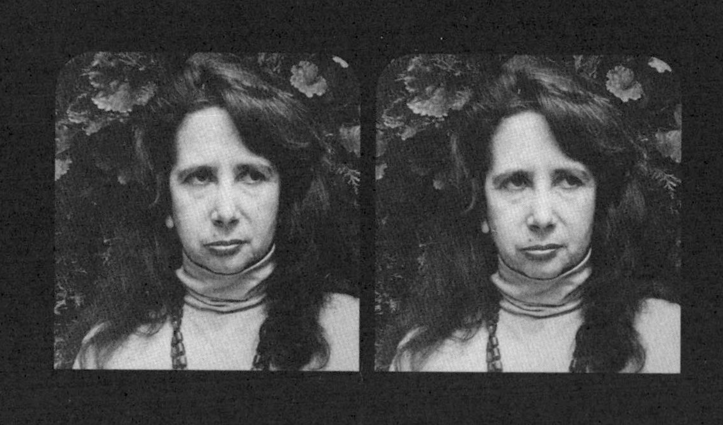

Marosa di Giorgio – cujo nome verdadeiro era María Rosa di Giorgio Médici – nasceu em Salto, no norte do Uruguai, em 1932. Descendente de imigrantes italianos e bascos, cresceu na zona rural da cidade, na fazenda da família. Considerada uma das vozes literárias mais originais e perturbadoras da América Latina, começou a escrever nos anos 1950. Publicou cinco coletâneas de contos, um romance e catorze livros de poesia, textos marcados pelo mundo imaginário da infância e da natureza. Sua extensa obra poética está reunida em *Los papeles salvajes* (2001), lançado pela editora argentina Adriana Hidalgo. Entre as obras de cunho erótico, publicou *Misales* (1993), *Camino de las pedrerías* (1997) e *Reina Amelia* (1999). Marosa tinha estreita conexão com o teatro e chegou a ser atriz em uma companhia teatral entre os anos 1950 e 1960. Sua voz, muito característica, era um poderoso instrumento nas célebres leituras abertas que fazia de seus poemas. Ao longo dos anos 1980 e 1990, recebeu uma série de prêmios e apresentou sua poesia em festivais e universidades na América Latina, Espanha e Estados Unidos. Morreu em Montevidéu, em 2004, onde vivia desde 1978.

PREPARAÇÃO Silvia Massimini Felix
REVISÃO Ricardo Jensen de Oliveira, Débora Donadel e Tamara Sender
PROJETO GRÁFICO Laura Lotufo

DIRETOR-EXECUTIVO Fabiano Curi

EDITORIAL
Graziella Beting (diretora editorial)
Livia Deorsola (editora)
Laura Lotufo (editora de arte)
Kaio Cassio (editor-assistente)
Gabrielly Saraiva (assistente editorial/direitos autorais)
Lilia Góes (produtora gráfica)

RELAÇÕES INSTITUCIONAIS E IMPRENSA Clara Dias
COMUNICAÇÃO Ronaldo Vitor
COMERCIAL Fábio Igaki
ADMINISTRATIVO Lilian Périgo
EXPEDIÇÃO Nelson Figueiredo
DIVULGAÇÃO/LIVRARIAS E ESCOLAS Rosália Meirelles

EDITORA CARAMBAIA
Av. São Luís, 86, cj. 182
01046-000 São Paulo SP
contato@carambaia.com.br
www.carambaia.com.br

Título original: *Rosa mistica – Relatos eroticos* [Buenos Aires, 2003]

Imagem da capa: F. B. Johnson & Company. *Night*, *c.* 1895.
Library of Congress, Prints & Photographs Division: LC-USZ62-25101.
Imagem da autora: Acervo pessoal

CIP-BRASIL. CATALOGAÇÃO NA PUBLICAÇÃO
SINDICATO NACIONAL DOS EDITORES DE LIVROS, RJ

D569r
Di Giorgio, Marosa, 1932-2004
Rosa mística: contos eróticos / Marosa di Giorgio;
curadoria Eliane Robert Moraes; tradução Josely
Vianna Baptista; posfácio Eliane Robert Moraes;
ensaio Gabriela Aguerre.
1. ed. – São Paulo: Carambaia, 2023.
180 p.; 18 cm (Sete chaves; 1)

Tradução de: *Rosa mistica – relatos eroticos*.
ISBN 978-65-5461-038-4

1. Contos uruguaios. 2. Literatura erótica uruguaia.
I. Moraes, Eliane Robert. II. Baptista, Josely Vianna.
III. Aguerre, Gabriela. IV. Título. V. Série.

23-86062 CDD: U863 CDU: 821.134.2(899)
Gabriela Faray Ferreira Lopes – Bibliotecária CRB-7/6643

This work has been published within the framework of the IDA Translation Support Program.

Este livro foi publicado no âmbito do Programa de Apoio à Tradução IDA.

COLEÇÃO SETE CHAVES

Rosa mística Marosa di Giorgio

Cinema Orly Luís Capucho

O projeto gráfico desta coleção foi inspirado nas estereoscopias eróticas que se difundiram na segunda metade do século XIX. Esse tipo de fotografia consistia na captura de um mesmo objeto em dois ângulos levemente diferentes. No estereoscópio – uma câmara escura com aberturas apenas para os olhos –, as imagens eram exibidas lado a lado, criando a ilusão de uma cena tridimensional. Esse tipo de artefato logo se revelou útil para exibir, de maneira discreta e individual, cenas de corpos nus e imagens sensuais, algo considerado indecente e chocante. A citação à câmara estereoscópica remete, portanto, à ideia de proibição e segredo associada ao conteúdo dito licencioso do erotismo, unindo-se ao princípio da Coleção Sete Chaves.

Características da estereoscopia, as bordas arredondadas das fotografias aparecem nas imagens, assim como no formato do próprio livro, de cantos curvados. As famílias tipográficas utilizadas são a Flecha (2019), de Rui Abreu, para os títulos, e a Lygia (2017), de Flavia Zimbardi, para o texto principal. A Elza (2021), de Daniel Sabino, serve como fonte de apoio.

O volume foi impresso no papel Pólen Bold 70 g/m² na Geográfica em setembro de 2023.

*